Maigret

Der 43. Fall

Georges Simenon
Hier irrt Maigret

Roman

*Aus dem Französischen
von Rainer Moritz*

Kampa

Die französische Originalausgabe erschien 1953 unter dem Titel
Maigret se trompe im Verlag Presses de la Cité, Paris.
Die deutsche Erstausgabe erschien 1955 im Verlag
Kiepenheuer & Witsch, Köln.

Mehr Informationen über die Simenon-Gesamtausgabe:
www.kampaverlag.ch/simenon

Für den Blick hinter die Verlagskulissen:
www.kampaverlag.ch/newsletter

Covergestaltung: Herr K | Jan Kermes, Leipzig
Coverabbildung: © akg-images / Paul Almasy
Satz: Tristan Walkhoefer, Leipzig
Gesetzt aus der Stempel Garamond LT / 210120
Druck und Bindung: CPI books GmbH, Leck
Auch als E-Book erhältlich und als Hörbuch bei DAV
ISBN 978 3 311 13043 7

I

Es war acht Uhr fünfundzwanzig am Morgen. Maigret stand vom Tisch auf und trank seine letzte Tasse Kaffee. Obwohl es erst November war, brannte Licht. Madame Maigret versuchte, vom Fenster aus die Passanten zu erkennen, die vornübergebeugt, die Hände in den Taschen, zur Arbeit eilten.

»Besser, du ziehst deinen warmen Mantel an«, sagte sie.

Denn was draußen für ein Wetter war, machte sie an den Menschen auf der Straße fest. Alle hatten es eilig an diesem Morgen, viele trugen einen Schal und traten fest auf, um sich aufzuwärmen. Sie hatte gesehen, wie sich einige die Nase putzten.

»Ich hol ihn dir.«

Er hielt noch seine Tasse in der Hand, als das Telefon klingelte. Er nahm ab und blickte nun selbst nach draußen, auf die von der gelblichen Wolke, die während der Nacht hinabgesunken war, fast konturenlos gewordenen Häuser gegenüber.

»Hallo? Ist da Kommissar Maigret? … Hier Dupeu, Quartier des Ternes.«

Merkwürdig, dass ihn ausgerechnet Kommissar Dupeu anrief, denn der passte vermutlich wie kaum ein anderer zur Stimmung an diesem Morgen. Dupeu war Polizeikommissar in der Rue de l'Étoile. Er schielte, wie seine Frau, und es hieß, dass seine drei Töchter, die Maigret nicht kannte, auch schielten.

Er war ein gewissenhafter Beamter, ängstlich darauf bedacht, alles richtig zu machen, sodass er darüber fast krank wurde. Alles um ihn herum nahm eine trübsinnige Note an, und so sehr man sich auch sagte, dass er der beste Mensch auf Erden war, kam man doch nicht umhin, ihm aus dem Weg zu gehen, zumal er sommers wie winters für gewöhnlich erkältet war.

»Entschuldigen Sie, dass ich Sie zu Hause störe. Ich dachte mir, dass Sie noch nicht aufgebrochen sind, und da hab ich mir gesagt ...«

Es blieb einem nichts übrig, als abzuwarten. Er musste alles loswerden und hatte ständig das Bedürfnis, zu erklären, warum er dies und jenes tat, als fühlte er sich immerzu im Unrecht.

»Ich weiß, dass Sie selbst gern vor Ort sind. Vielleicht irre ich mich, aber meinem Eindruck nach handelt es sich um einen ziemlich speziellen Fall. Wobei ich natürlich noch nichts weiß oder fast nichts. Ich bin gerade erst angekommen.«

Madame Maigret wartete mit dem Mantel überm

Arm, und damit sie nicht die Geduld verlor, flüsterte er ihr zu:

»Dupeu!«

Der redete mit monotoner Stimme weiter.

»Ich war wie üblich um acht Uhr in meinem Büro und bin die erste Post durchgegangen, als mich um sieben nach acht die Putzfrau anrief. Sie hat die Leiche gefunden, als sie die Wohnung in der Avenue Carnot betrat. Da das nur zwei Schritte von hier entfernt ist, bin ich mit meinem Mitarbeiter gleich hingelaufen.«

»Ein Verbrechen?«

»Man könnte es für Selbstmord halten, aber ich bin überzeugt, dass es sich um Mord handelt.«

»Wer?«

»Eine gewisse Louise Filon, von der ich noch nie gehört habe. Eine junge Frau.«

»Ich komme.«

Dupeu fing wieder zu sprechen an, doch Maigret tat so, als hörte er nichts, und legte auf. Bevor er aufbrach, rief er am Quai des Orfèvres an und ließ sich mit dem Erkennungsdienst verbinden.

»Ist Moers da? … Ja, holen Sie ihn an den Apparat … Hallo! Bist du's, Moers? … Komm bitte mit deinen Leuten in die Avenue Carnot … Mord … Ich bin gleich dort.«

Er gab ihm die Hausnummer durch, warf sich seinen Mantel über, und Augenblicke später gab es eine düstere Gestalt mehr, die durch den Nebel hastete. Erst an der Ecke Boulevard Voltaire fand er ein Taxi.

Die Straßen rund um die Place de l'Étoile waren fast ausgestorben. Ein paar Männer karrten die Mülltonnen fort. Die meisten Vorhänge waren noch zugezogen, und nur in wenigen Fenstern brannte Licht.

Auf dem Gehweg in der Avenue Carnot stand ein Polizist in Pelerine, aber nirgendwo gab es einen Menschenauflauf, nirgendwo Schaulustige.

»Welches Stockwerk?«, fragte Maigret.

»Im dritten.«

Er ließ das mit blank polierten Messingknöpfen beschlagene Hoftor hinter sich. Die Concierge frühstückte in ihrer hell erleuchteten Loge. Ohne aufzustehen, musterte sie ihn durch die Glasscheibe. Der Aufzug funktionierte geräuschlos wie in jedem gepflegten Haus. Die Teppichläufer auf den gewachsten Eichenstufen hatten ein schönes Rot.

Im dritten Stock waren drei Türen. Zögernd stand er da, als die linke aufging. Und da war Dupeu, mit roter Nase, ganz wie es Maigret erwartet hatte.

»Kommen Sie. Ich hab lieber nichts angefasst und auf Sie gewartet. Ich hab nicht mal die Putzfrau befragt.«

Sie gingen durch den Flur, in dem es nur einen Garderobenständer und zwei Stühle gab, und gelangten in einen erleuchteten Salon.

8

»Die Putzfrau hat sich gleich gewundert, warum da Licht brannte.«

In der Ecke eines gelben Sofas war eine junge Frau mit braunen Haaren eigentümlich in sich zusammengesunken. Auf ihrem Morgenmantel war ein großer, dunkelroter Fleck zu sehen.

»Sie hat eine Kugel in den Kopf abbekommen. Der Schuss scheint von hinten abgefeuert worden zu sein, von ganz nah. Wie Sie sehen, ist sie nicht zu Boden gestürzt.«

Sie war nur nach rechts gesackt, ihr Kopf hing herunter, die Haare berührten fast den Teppich.

»Wo ist die Putzfrau?«

»In der Küche. Sie hat mich um Erlaubnis gebeten, sich eine Tasse Kaffee zu machen. Ihren Angaben zufolge war sie um acht Uhr hier, wie jeden Morgen. Sie besitzt einen Wohnungsschlüssel. Sie kam rein und sah die Leiche. Sie sagt, sie hat nichts angefasst und mich sofort angerufen.«

Erst in diesem Moment begriff Maigret, was ihm bei seiner Ankunft merkwürdig vorgekommen war. Normalerweise hätte er sich schon auf dem Gehweg durch einen Knäuel von Schaulustigen zwängen müssen, und normalerweise lauerten die Bewohner auf den Treppenabsätzen. Hier aber war alles ruhig, als wäre nichts geschehen.

»Die Küche ist dort?«

Sie befand sich am Ende des Flurs. Die Tür stand

offen. Eine dunkel gekleidete Frau mit schwarzen Haaren und Augen saß am Gasofen und trank eine Tasse Kaffee, den sie anhauchte, damit er abkühlte.

Maigret hatte den Eindruck, ihr schon einmal begegnet zu sein. Mit gerunzelter Stirn betrachtete er sie, während sie in aller Ruhe seinem Blick standhielt und weitertrank. Sie war sehr klein. Im Sitzen erreichten ihre Füße kaum den Boden, die Schuhe waren ihr zu groß, das Kleid zu weit und zu lang.

»Ich glaube, wir kennen uns«, sagte er.

»Gut möglich«, antwortete sie, ohne eine Regung zu zeigen.

»Wie heißen Sie?«

»Désirée Brault.«

Der Vorname brachte ihn auf die Spur.

»Sind Sie früher mal wegen eines Kaufhausdiebstahls festgenommen worden?«

»Deswegen auch.«

»Weshalb noch?«

»Ich bin so oft verhaftet worden …«

Ihr Gesicht verriet kein Anzeichen von Furcht. Eigentlich verriet es gar nichts. Sie sah ihn an. Sie antwortete ihm. Unmöglich zu erraten, was sie dachte.

»Sie waren im Gefängnis?«

»Steht alles in meiner Akte.«

»Prostitution?«

»Warum denn nicht?«

Das war offensichtlich lange her. Jetzt war sie
fünfzig oder sechzig und ausgemergelt. Noch waren ihre Haare nicht weiß, nicht einmal grau, doch
sie waren dünn geworden, ließen den Schädel
durchscheinen.

»Es gab Zeiten, da habe ich richtig was herge-
macht.«

»Seit wann arbeiten Sie in dieser Wohnung?«

»Kommenden Monat ist es ein Jahr. Ich hab im
Dezember angefangen, kurz vor den Feiertagen.«

»Arbeiten Sie den ganzen Tag hier?«

»Nur von acht bis Mittag.«

Der Kaffee roch so gut, dass sich Maigret eine
Tasse nahm. Kommissar Dupeu stand eingeschüchtert im Türrahmen.

»Wollen Sie auch, Dupeu?«

»Nein, danke, ich hab vor nicht mal einer Stunde
gefrühstückt.«

Désirée Brault stand auf, um sich eine zweite
Tasse einzuschenken, ihr Kleid hing an ihr herunter.
Sie wog wohl nicht mehr als eine Vierzehnjährige.

»Arbeiten Sie auch woanders?«

»An drei, vier Orten, das hängt von der Woche
ab.«

»Leben Sie allein?«

»Mit meinem Mann.«

»War der auch im Gefängnis?«

»Nein, er trinkt nur.«

»Er arbeitet nicht?«

»In den letzten fünfzehn Jahren hat er nicht einen Tag gearbeitet, nicht mal einen Nagel in die Wand geschlagen hat er.«

Sie sagte das ohne Bitterkeit, mit einer gleichgültigen Stimme, die so gut wie keine Ironie erkennen ließ.

»Was ist heute Morgen geschehen?«

Sie zeigte mit dem Kopf auf Dupeu.

»Hat er es Ihnen nicht gesagt? Na gut … Ich war um acht hier.«

»Wo wohnen Sie?«

»Nicht weit von der Place Clichy. Ich hab die Metro genommen, die Tür mit meinem Schlüssel aufgemacht und bemerkt, dass im Salon Licht brennt.«

»Die Tür zum Salon stand offen?«

»Nein.«

»War denn Ihre Arbeitgeberin üblicherweise nicht wach, wenn Sie kamen?«

»Sie stand erst gegen zehn auf, manchmal später.«

»Was machte sie dann?«

»Nichts.«

»Fahren Sie fort …«

»Ich hab die Tür zum Salon aufgestoßen und sie gesehen.«

»Haben Sie sie angefasst?«

»Ich brauchte sie nicht anzufassen, um zu sehen,

dass sie tot war. Oder haben Sie schon mal jemand mit eingetretenem Gesicht rumspazieren sehen?«

»Und dann?«

»Hab ich die Polizei angerufen.«

»Ohne die Nachbarn oder die Concierge zu benachrichtigen?«

Sie zuckte die Achseln.

»Warum hätte ich denen was sagen sollen?«

»Und nach dem Telefonat?«

»Hab ich gewartet.«

»Und was gemacht?«

»Nichts.«

Das war von verblüffender Einfachheit. Sie war dageblieben, um zu warten, bis es an der Tür klingelte, hatte sich vielleicht die Leiche angesehen.

»Sind Sie sicher, dass Sie nichts angefasst haben?«

»Ganz sicher.«

»Haben Sie einen Revolver gefunden?«

»Ich hab nichts gefunden.«

Kommissar Dupeu mischte sich ein:

»Wir haben überall nach der Waffe gesucht, vergebens.«

»Besaß Louise Filon einen Revolver?«

»Wenn ja, hab ich ihn nie gesehen.«

»Gibt es Möbelstücke, die abgeschlossen sind?«

»Nein.«

»Dann wissen Sie also, was sich in den Schränken befindet.«

»Ja.«

»Und Sie haben nie eine Waffe gesehen?«

»Nie.«

»Wusste Ihre Arbeitgeberin, dass Sie im Gefängnis waren?«

»Ich hab ihr alles erzählt.«

»Das hat ihr keine Angst gemacht?«

»Das hat sie amüsiert. Vielleicht war sie ja auch mal da, möglich wär's.«

»Was wollen Sie damit sagen?«

»Bevor sie hier einzog, ging sie auf den Strich.«

»Woher wissen Sie das?«

»Weil Sie's mir gesagt hat. Aber selbst wenn sie nichts gesagt hätte …«

Auf dem Treppenabsatz waren Schritte zu hören, und Dupeu ging die Tür öffnen. Es waren Moers und seine Leute, mit ihren Gerätschaften. Maigret sagte zu Moers:

»Fang nicht gleich an. Wart, bis ich fertig bin, und ruf den Staatsanwalt an.«

Désirée Brault faszinierte ihn – und alles, was ihre Worte erahnen ließen. Er zog seinen Mantel aus, weil ihm warm war, setzte sich hin und trank seinen Kaffee in kleinen Schlucken weiter.

»Setzen Sie sich.«

»Gern. Es passiert nicht alle Tage, dass eine Putzfrau so was hört.«

Jetzt lächelte sie fast.

»Haben Sie eine Ahnung, wer Ihre Arbeitgeberin umgebracht haben könnte?«

»Nicht die geringste.«

»Hatte sie oft Besuch?«

»Ich hab nie gesehen, dass jemand gekommen ist, nur ein Arzt aus der Nachbarschaft war mal da, als sie eine Bronchitis hatte. Und mittags geh ich ja.«

»Kennen Sie Bekannte von ihr?«

»Ich weiß nur, dass in einem Schrank Männerpantoffeln und ein Morgenmantel sind. Und auch eine Kiste Zigarren. Sie raucht keine.«

»Sie wissen nicht, wer der Mann ist?«

»Ich hab ihn nie gesehen.«

»Kennen Sie nicht mal seinen Namen? Hat er nie angerufen, wenn Sie da waren?«

»Das kam vor.«

»Wie hat sie ihn genannt?«

»Pierrot.«

»Ließ sie sich von ihm aushalten?«

»Irgendwen brauchte es für die Miete. Und für den Rest.«

Maigret stand auf, stellte seine Tasse hin und stopfte seine Pfeife.

»Und was mach ich jetzt?«, fragte sie.

»Nichts, Sie warten.«

Er ging in den Salon zurück, wo die Männer vom Erkennungsdienst auf sein Zeichen warteten, um

15

mit der Arbeit zu beginnen. Das Zimmer war aufgeräumt. In einem Aschenbecher neben dem Sofa lagen Zigarettenasche und drei Kippen, zwei davon mit roten Lippenstiftabdrücken.

Eine halb geöffnete Tür verband den Salon mit dem Schlafzimmer, und Maigret stellte mit einer gewissen Überraschung fest, dass das Bett aufgeschlagen und das Kopfkissen eingedrückt war, als hätte jemand dort geschlafen.

»Ist der Arzt noch nicht da?«

»Er war nicht zu Hause. Seine Frau ist dabei, die Patienten anzurufen, die er heute Morgen besuchen muss.«

Er öffnete ein paar Schränke und Schubladen. Die Kleidungsstücke und die Unterwäsche gehörten zu einer jungen Frau, die einen schlechten Geschmack hatte, und nicht zu jemandem, den man in einer Wohnung in der Avenue Carnot vermutet hätte.

»Kümmere dich um die Fingerabdrücke, Moers, und um alles andere. Ich geh runter zur Concierge und rede mit ihr.«

Kommissar Dupeu fragte:

»Brauchen Sie mich noch?«

»Nein, ich danke Ihnen. Schicken Sie mir Ihren Bericht morgen im Lauf des Tages. Es war sehr freundlich von Ihnen, mich anzurufen, Dupeu.«

»Wissen Sie, ich hab mir sofort gedacht, dass Sie

16

das interessieren würde. Hätte neben dem Sofa eine Waffe gelegen, dann hätte ich Selbstmord vermutet, denn der Schuss scheint ja aus allernächster Nähe abgegeben worden zu sein. Obwohl sich diese Sorte Frau normalerweise mit Veronal umbringt. In den letzten fünf Jahren mindestens gab es hier im Viertel keine Frau, die sich mit einem Revolver umgebracht hätte. Da also keine Waffe gefunden wurde …«

»Das haben Sie hervorragend gemacht, Dupeu.«

»Ich tue, was ich kann …«

Draußen im Treppenhaus redete er immer noch weiter. Maigret ließ ihn an der Fußmatte stehen, die vor der Tür zur Loge der Concierge lag, und trat ein.

»Guten Tag.«

»Guten Tag, Herr Kommissar.«

»Sie wissen, wer ich bin?«

Sie nickte.

»Sie wissen, was passiert ist?«

»Ich hab den Polizisten auf dem Gehweg gefragt. Er hat mir gesagt, dass Mademoiselle Louise tot ist.«

Die Loge sah so gutbürgerlich aus, wie es hier im Viertel üblich war. Die Concierge, die nicht älter als vierzig sein konnte, war korrekt gekleidet, ja ein wenig herausgeputzt. Sie war übrigens ziemlich hübsch, das Gesicht nur ein wenig aufgedunsen.

»Sie wurde umgebracht?«, fragte sie, als sich Maigret ans Fenster setzte.

»Wie kommen Sie darauf?«

»Vermutlich hätte niemand die Polizei gerufen, wenn sie eines natürlichen Todes gestorben wäre.«

»Es hätte Selbstmord sein können.«

»Das sähe ihr nicht ähnlich.«

»Kannten Sie sie gut?«

»Nicht sehr. Sie kam nie in meine Loge, machte beim Vorbeigehen lediglich die Tür einen Spaltbreit auf und fragte nach der Post. Sie fühlte sich hier im Haus nicht richtig wohl, wenn Sie verstehen.«

»Sie wollen damit sagen, dass sie aus einem anderen Milieu stammte als die übrigen Mieter?«

»Ja.«

»Und zu welchem Milieu gehörte sie?«

»Ich weiß es nicht genau. Ich habe keinen Grund, schlecht von ihr zu reden. Sie war still, nicht arrogant.«

»Ihre Putzfrau hat nie über sie gesprochen?«

»Madame Brault und ich sprechen nicht miteinander.«

»Sie kennen sie aber?«

»Ich lege keinen Wert darauf, sie zu kennen. Ich sehe sie kommen und gehen. Das reicht mir.«

»Ließ sich Louise Filon aushalten?«

»Möglich. Jedenfalls hat sie pünktlich gezahlt.«

»Hat sie Besuch bekommen?«

»Hin und wieder.«

»Nicht regelmäßig?«

»Regelmäßig kann man das nicht nennen.«

Maigret glaubte einen Vorbehalt zu spüren. Im Gegensatz zu Madame Brault war die Concierge nervös und warf immer wieder einen Blick zur Glastür. Sie verkündete dann auch:

»Der Doktor geht hoch.«

»Sagen Sie, Madame … Wie heißen Sie überhaupt?«

»Cornet.«

»Sagen Sie, Madame Cornet, gibt es etwas, was Sie mir verheimlichen möchten?«

Sie bemühte sich, ihm in die Augen zu sehen.

»Warum fragen Sie mich das?«

»Einfach so, ich würde es gern wissen. War es immer derselbe Mann, der zu Louise Filon kam?«

»Ich hab immer denselben vorbeigehen sehen.«

»Was für eine Art Mann war das?«

»Ein Musiker.«

»Woher wissen Sie das?«

»Weil ich ein- oder zweimal gesehen habe, dass er einen Saxophonkoffer unterm Arm hatte.«

»War er gestern Abend da?«

»Ja, gegen zehn.«

»Haben Sie ihm aufgemacht?«

»Nein. Ich schließe die Tür erst um elf, wenn ich zu Bett gehe.«

19

»Aber Sie sehen, wer hereinkommt?«

»Meistens. Die Mieter sind ruhig, fast alles bedeutende Persönlichkeiten.«

»Sie sagen, dass der Musiker gegen zehn hinaufgegangen ist?«

»Ja, er ist nur zehn Minuten geblieben, und als er ging, schien er es eilig zu haben. Ich hab gehört, wie er Richtung Étoile gelaufen ist.«

»Haben Sie sein Gesicht gesehen? Schien er erregt oder …«

»Nein.«

»Louise Filon hat gestern Abend keinen weiteren Besuch bekommen?«

»Nein.«

»Wenn der Doktor also feststellt, dass die Tat zwischen zehn und elf Uhr begangen wurde, wäre es ziemlich sicher, dass …«

»Das hab ich nicht gesagt. Ich hab gesagt, dass sie sonst niemand besucht hat.«

»Glauben Sie, der Musiker war ihr Geliebter?«

Sie antwortete nicht sofort.

»Weiß ich nicht«, murmelte sie dann.

»Was wollen Sie damit sagen?«

»Nichts, ich dachte nur daran, was die Wohnung an Miete kostet.«

»Ich verstehe, also nicht die Sorte Musiker, der seiner kleinen Freundin so eine Wohnung spendiert.«

»Genau.«

»Sie scheinen nicht überrascht, dass man Ihre Mieterin getötet hat, Madame Cornet.«

»Gerechnet hab ich damit nicht, aber überrascht bin ich auch nicht.«

»Warum?«

»Einfach so. Ich glaube, dass solche Frauen gefährlicher leben als andere. Den Eindruck bekommt man auf jeden Fall, wenn man Zeitung liest.«

»Ich möchte Sie bitten, mir eine Liste zu machen von allen Mietern, die gestern Abend nach neun Uhr das Haus betreten oder verlassen haben. Ich nehme sie mit, wenn ich gehe.«

»Kein Problem.«

Als er die Loge verließ, sah er, wie der Staatsanwalt und sein Stellvertreter, begleitet vom Gerichtsschreiber, aus einem Wagen stiegen. Allen dreien schien kalt zu sein. Der Nebel hatte sich noch nicht verzogen und vermischte sich mit ihrem Atem.

Händeschütteln. Dann der Aufzug. Abgesehen von der dritten Etage, war das Haus so ruhig wie bei Maigrets Ankunft. Die Leute hier gehörten nicht zu denjenigen, die hinter halb geöffneter Tür das Kommen und Gehen der anderen verfolgten und am Treppenabsatz zusammenliefen, weil eine Frau umgebracht worden war.

Moers' Techniker hatten ihre Apparate fast überall in der Wohnung aufgestellt, und der Arzt war gerade mit der Untersuchung des Leichnams fertig. Er gab Maigret die Hand.

»Um welche Uhrzeit?«, fragte der Kommissar.

»Schätzungsweise zwischen neun Uhr abends und Mitternacht. Vermutlich eher elf als Mitternacht.«

»Der Tod ist sofort eingetreten?«

»Sie haben sie gesehen. Der Schuss ist aus allernächster Nähe abgegeben worden.«

»Von hinten?«

»Von hinten, etwas seitlich.«

Moers schaltete sich ein:

»Sie muss in dem Augenblick eine Zigarette geraucht haben, die dann auf den Teppich gefallen und abgebrannt ist. Ein Glück, dass der Teppich nicht in Flammen aufgegangen ist.«

»Um was handelt es sich eigentlich?«, fragte der stellvertretende Staatsanwalt, der noch nichts mitbekommen hatte.

»Keine Ahnung, ein banaler Mord vielleicht, was mich aber wundern würde.«

»Haben Sie eine Idee?«

»Nein. Ich rede noch mal mit der Putzfrau.«

Bevor er in die Küche ging, rief er am Quai des Orfèvres an und bat Lucas, der Dienst hatte, sofort zu kommen. Um die Staatsanwaltschaft und die Spezialisten, die ihrer Arbeit nachgingen, kümmerte er sich nicht weiter.

Madame Brault war noch an ihrem Platz. Sie trank keinen Kaffee mehr, rauchte aber eine Zigarette, was nicht recht zu ihr passte.

»Ich darf doch, oder?«, fragte sie, als sie Maigrets Blick bemerkte, der sich ihr gegenübersetzte.

»Erzählen Sie.«

»Was?«

»Alles, was Sie wissen.«

»Ich hab Ihnen alles gesagt.«

»Wie hat Louise Filon ihre Tage verbracht?«

»Ich weiß nur, was sie am Morgen gemacht hat. Gegen zehn ist sie aufgestanden, nein, aufgewacht, aber aufgestanden ist sie nicht sofort. Ich hab ihr Kaffee gebracht, den sie im Bett trank, während sie rauchte und las.«

»Was hat sie gelesen?«

»Zeitschriften und Romane. Oft hörte sie auch Radio. Sie haben sicher den Apparat auf ihrem Nachttisch gesehen.«

»Hat sie telefoniert?«

»Erst gegen elf.«

»Jeden Tag?«

»Fast jeden Tag, ja.«

»Mit Pierrot?«

»Ja. Es kam vor, dass sie sich gegen Mittag anzog, um auswärts zu essen, aber das war eher selten. Meistens schickte sie mich zum Traiteur, um kalten Braten oder Fertiggerichte zu holen.«

»Haben Sie eine Ahnung, wie sie den Nachmittag verbracht hat?«

»Vermutlich ist sie aus dem Haus gegangen. Sie muss ausgegangen sein, weil ich morgens immer schmutzige Schuhe vorgefunden habe. Wahrscheinlich ist sie durch die Geschäfte gezogen, wie alle Frauen.«

»Hat sie abends zu Hause gegessen?«

»Da war selten schmutziges Geschirr.«

»Denken Sie, dass sie Pierrot getroffen hat?«

»Ihn oder einen andern.«

»Sind Sie sicher, dass Sie ihn nie gesehen haben?«

»Sicher.«

»Und andere Männer haben Sie auch nie bei ihr gesehen?«

»Nur den Gasableser oder einen Laufburschen.«

»Wie lange waren Sie nicht mehr im Gefängnis?«

»Sechs Jahre.«

»Haben Sie keine Lust mehr, in Kaufhäusern was mitgehen zu lassen?«

»Mir fehlt die Schnelligkeit, die es dafür braucht … Sie nehmen gerade die Leiche mit.«

Es war Lärm aus dem Salon zu hören, den tatsächlich die Männer von der Gerichtsmedizin machten.

»Sie hat nicht lange was davon gehabt.«

»Was wollen Sie damit sagen?«

»Dass es ihr vierundzwanzig Jahre dreckig ging und sie nicht mal zwei gute Jahre hatte.«

»Hat sie sich Ihnen anvertraut?«

»Wir haben miteinander geredet, wie man das eben so tut.«

»Hat sie Ihnen gesagt, woher sie stammt?«

»Sie ist im 18. Arrondissement geboren, sozusagen auf der Straße. Den größten Teil ihres Lebens hat sie im Chapelle-Viertel verbracht. Als sie herkam, dachte sie, jetzt fängt das schöne Leben an.«

»Also war sie nicht glücklich?«

Die Putzfrau zuckte mit den Achseln, sah Maigret mit einer Art Mitleid an, als wäre sie überrascht, dass er so begriffsstutzig war.

»Glauben Sie, dass das ein Vergnügen war, in einem Haus wie dem hier zu leben, wo ihr die Leute nicht mal ins Gesicht sahen, wenn sie ihr auf der Treppe begegneten?«

»Warum ist sie hergezogen?«

»Sie hatte ihre Gründe.«

»Hat sie sich von dem Musiker aushalten lassen?«

»Wer hat Ihnen von dem Musiker erzählt?«

»Spielt keine Rolle. Pierrot spielt Saxophon?«

»Ich glaube, ja. Ich weiß, dass er in einer Tanzbar auftritt.«

Sie sagte nur, was sie ihm sagen wollte. Maigret hatte nun eine etwas genauere Vorstellung von Louise Filon und war sich sicher, dass die beiden Frauen jeden Morgen offen miteinander redeten.

»Ich glaube nicht«, sagte er, »dass jemand, der in

einer Tanzbar spielt, die Miete für so eine Wohnung zahlen kann.«

»Ich auch nicht.«

»Das heißt?«

»Dass es einen anderen gegeben haben muss«, sagte sie ruhig.

»Pierrot ist gestern Abend zu ihr gekommen.«

Sie zuckte nicht zusammen, sah ihm weiter in die Augen.

»Und deshalb, vermute ich, steht für Sie fest, dass er sie getötet hat? Ich kann Ihnen nur eins sagen: Die beiden haben sich geliebt.«

»Hat sie Ihnen das gesagt?«

»Nicht nur, dass sie sich liebten, sondern dass sie davon träumten zu heiraten.«

»Warum haben sie es nicht getan?«

»Vielleicht, weil sie kein Geld hatten. Vielleicht auch, weil der andere sie nicht freigegeben hat.«

»Der andere?«

»Sie wissen es so gut wie ich, dass ich von dem rede, der gezahlt hat. Muss ich Ihnen das aufmalen?«

Maigret kam eine Idee. Er ging ins Schlafzimmer, öffnete den Schrank und nahm ein Paar Männerhausschuhe aus glattem Ziegenleder heraus, maßgefertigt von einem Schuster in der Rue Saint-Honoré, einem der teuersten von Paris. In einem Morgenmantel aus schwerer brauner Seide fand er das Etikett eines Wäschehändlers in der Rue de Rivoli.

Moers' Leute waren schon fort. Er selbst wartete im Salon auf Maigret.

»Was hast du gefunden?«

»Fingerabdrücke natürlich, frische und alte.«

»Von Männern?«

»Mindestens von einem Mann. In einer Stunde wissen wir es genau.«

»Gib sie dem Archiv und nimm die Hausschuhe und den Morgenmantel mit. Wenn du am Quai bist, gib die Sachen Janvier oder Torrence. Ich will, dass man sie den Händlern zeigt, die sie geliefert haben.«

»Bei den Hausschuhen wird das vermutlich einfach sein, sie haben eine Seriennummer.«

Es wurde wieder ruhig in der Wohnung, und Maigret ging in die Küche zu der Putzfrau zurück.

»Sie müssen nicht mehr hierbleiben.«

»Soll ich sauber machen?«

»Heute noch nicht.«

»Was soll ich machen?«

»Nach Hause gehen. Es ist Ihnen untersagt, Paris zu verlassen. Es kann sein …«

»Verstanden.«

»Und Sie haben mir wirklich nichts mehr zu sagen?«

»Wenn mir noch etwas einfällt, geb ich Ihnen Bescheid.«

»Eine Frage noch: Sind Sie sicher, dass Sie die Wohnung nicht verlassen haben, nachdem Sie die Leiche gefunden haben und bis der Polizeikommissar da war?«

»Ich schwöre es.«

»Und gekommen ist auch niemand?«

»Keine Menschenseele.«

Sie nahm eine Einkaufstasche vom Haken, die sie wohl immer dabeihatte, und Maigret vergewisserte sich, dass kein Revolver darin war.

»Filzen Sie mich, wenn Ihnen danach ist.«

Er tat es nicht, aber um sicherzugehen, tastete er nicht ohne Verlegenheit ihr herunterhängendes Kleid ab.

»Früher hätte Ihnen das Spaß gemacht.«

Sie ging und lief auf der Treppe an Lucas vorbei, dessen Hut und Mantel nass waren.

»Regnet es?«

»Seit zehn Minuten. Was soll ich tun, Chef?«

»Ich weiß nicht recht. Bleib hier. Wenn das Telefon klingelt, versuch herauszufinden, woher der Anruf kommt. Kann sein, dass sich gegen elf jemand meldet. Verständige das Büro, dass man die Leitung anzapft. Ansonsten durchsuch jede Ecke. Das ist schon geschehen, aber man weiß nie.«

»Worum geht es genau?«

»Um eine junge Frau, die in der Gegend von Barbès auf den Strich gegangen ist und von jemandem hier untergebracht wurde. Wie es scheint, gehörte ihr Herz einem Barmusiker.«

»Und der hat sie umgebracht?«

»Er war gestern Abend hier. Die Concierge versichert, dass niemand anderes zu ihr gegangen ist.«

»Gibt es eine Personenbeschreibung?«

»Ich geh runter und befrage die Concierge noch mal.«

Die war damit beschäftigt, die zweite Postlieferung zu sortieren. Ihr zufolge war Pierrot ein Mann um die dreißig, blond und stämmig, der eher wie ein Metzgereigehilfe als wie ein Musiker wirkte.

»Mehr wissen Sie nicht?«

»Das ist alles, Monsieur Maigret. Wenn mir noch was einfällt, sag ich Ihnen Bescheid.«

Eigenartig. Das war die gleiche oder fast die gleiche Antwort, die die Putzfrau gegeben hatte. Er war davon überzeugt, dass alle beide, sicher aus unterschiedlichen Gründen, sich davor hüteten, ihm alles zu sagen.

Da er wahrscheinlich erst an der Place de l'Étoile ein Taxi finden würde, schlug er den Mantelkragen hoch und machte sich auf den Weg, die Hände in den Taschen wie die Leute, die Madame Maigret am Morgen durchs Fenster gesehen hatte. Der Nebel hatte sich in feinen, kalten Regen verwandelt und ließ einen an einen Schnupfen denken. Er betrat eine kleine Bar an der Ecke, um einen Grog zu trinken.

2

Janvier kümmerte sich um besagten Pierrot und rekonstruierte, was er getrieben hatte bis zu der Stunde, als er zu verschwinden beschlossen hatte.

Kurz vor halb zwölf hatte Lucas, der in aller Ruhe in der Wohnung in der Avenue Carnot herumschnüffelte, das Telefon klingeln hören. Darauf bedacht, nichts zu sagen, nahm er ab und hörte am anderen Ende eine Männerstimme murmeln:

»Bist du's?«

Ehe er der Stille, die ihm antwortete, misstraute, hatte Pierrot hinzugefügt:

»Bist du nicht allein?«

Endlich rief er aufgeregt:

»Hallo! Ist da Carnot 22–35?«

»Ja, Carnot 22–35.«

Lucas hörte den Mann atmen. Er rief von einer Telefonzelle aus an, wahrscheinlich aus einem Lokal, denn da war das typische Geräusch einer Münze, die in den Metallbehälter fällt. Nach einer Weile legte der Musiker auf. Lucas musste nur auf den Anruf des Zuständigen an der Abhöranlage warten. Das dauerte nicht mal zwei Minuten.

»Lucas? Der Kerl hat dich von einem Bistro am Boulevard Rochechouart, Ecke Rue Riquet, angerufen, es heißt Chez Léon.«

Einen Augenblick später rief Lucas das Kommissariat in der Rue de la Goutte d'Or an, das zwei Schritte vom Boulevard Rochechouart entfernt lag.

»Kann ich Inspektor Janin sprechen?«

Er war glücklicherweise im Büro, und Lucas gab ihm eine ungefähre Personenbeschreibung von Pierrot und den Namen der Kneipe.

»Mach nichts, ehe Janvier bei dir ist.«

Endlich hatte er Janvier am Apparat. Unterdessen regnete es immer noch auf eine Welt aus Steinen, Ziegeln und Beton, durch die sich dunkle Gestalten und Regenschirme schoben. Maigret saß mit gelockerter Krawatte und vier gestopften Pfeifen vor sich in seinem Büro und war dabei, einen Bericht für die Verwaltung zu Ende zu bringen, der bis Mittag vorliegen musste. Janvier öffnete die Tür zum Büro einen Spalt.

»Er hat angerufen, Chef. Wir wissen, wo er ist. Lucas hat das Kommissariat Goutte d'Or informiert, und Janin muss schon vor Ort sein. Ich flitze da gleich hin. Was soll ich mit ihm machen?«

Der Kommissar sah ihn mit großen, müden Augen an.

»Du bringst ihn zu mir, auf freundliche Weise.«

»Sie essen nicht zu Mittag?«

»Ich lass mir Sandwiches kommen.«

Janvier nahm eines der kleinen schwarzen Polizeiautos und hielt in einiger Entfernung von der Kneipe. Es war ein enges, lang gezogenes Bistro, dessen Scheiben so beschlagen waren, dass man nicht hineinsah. Als er die Tür aufstieß, erkannte er Janin, der, einen Wermut-Cassis vor sich, auf ihn wartete. Außer ihm waren nur vier Gäste da. Sägespäne bedeckten den gefliesten Boden, die Wände waren schmutzig gelb, die Telefonkabine befand sich neben den Toiletten.

»Ist er fort?«

Janin nickte, während er ihm die Hand gab. Der Wirt, der den Polizisten aus seinem Viertel kennen musste, fragte Janvier in leicht ironischem Ton:

»Darf's etwas sein?«

»Ein Bier.«

Auch die Gäste beobachteten die beiden. Janin hatte wohl schon seine Fragen gestellt.

»Wir können reden«, sagte er halblaut. »Er ist um Viertel vor elf gekommen, wie jeden Tag.«

»Der Wirt kennt seinen Namen?«

»Er weiß nur, dass er Pierrot heißt, Musiker ist und in der Nähe wohnen muss. Er kommt jeden Morgen um Viertel vor elf hierher und trinkt seinen Kaffee. Um elf Uhr bekommt er fast immer einen Anruf. Heute Morgen hat niemand angerufen. Er hat eine halbe Stunde gewartet und ist dann in die Kabine. Als er wieder rauskam, schien er beunruhigt. Er blieb noch einen Augenblick am Tresen, hat dann gezahlt und ist raus.«

»Weiß man, wo er zum Mittagessen hingeht?«

»Der Wirt weiß anscheinend nichts. Brauchst du mich noch?«

»Ich weiß nicht. Gehen wir.«

Als sie draußen waren, warf Janvier einen Blick in die sehr kurze Rue Riquet, man sah die Schilder zweier Hotels, die wohl Absteigen waren. Wenn Pierrot jeden Morgen seinen Kaffee in dem kleinen Bistro trank, wohnte er womöglich ganz in der Nähe.

»Sehen wir nach?«

Das erste Hotel hieß Hôtel du Var. Das Büro ging rechts vom Gang ab, eine alte Frau saß darin.

»Ist Pierrot da?«

Janin, der ihr sicherlich bekannt war, hielt sich im Hintergrund, und Janvier war am Quai wohl derjenige, der am wenigsten nach Polizei aussah.

»Vor gut einer Stunde ist er los.«

»Sind Sie sicher, dass er nicht zurückgekommen ist?«

»Klar. Ich hab das Büro nicht verlassen. Außerdem hängt sein Schlüssel am Brett.«

Schließlich entdeckte sie Janin, der zwei Schritte nach vorn gemacht hatte.

»Ah, so ist das! Was wollen Sie von dem Jungen?«

»Geben Sie mir das Melderegister. Seit wann wohnt er hier?«

»Seit über einem Jahr. Er zahlt monatlich.«

Sie holte das Register und blätterte darin.

»Hören Sie! Sie wissen, dass das ein ordentliches Haus ist.«

Pierrot hieß eigentlich Pierre Eyraud, war neunundzwanzig Jahre alt und in Paris geboren.

»Wann kommt er normalerweise zurück?«

»Manchmal schon am frühen Nachmittag, manchmal nicht.«

»Bekommt er Damenbesuch?«

»So wie alle.«

»Immer dieselbe?«

Sie zögerte nicht lange. Sie wusste, wenn sie jetzt nicht spurte, würde Janin sie bei hundert anderen Gelegenheiten drankriegen.

»Sie müssten sie auch kennen, Monsieur Janin. Sie hat sich lang genug hier im Viertel herumgetrieben. Es ist Lulu.«

»Lulu? Und wie weiter?«

»Keine Ahnung. Ich hab sie immer Lulu genannt. Ein schönes Mädchen, das Glück hatte. Sie trägt jetzt Pelzmäntel und so, kommt mit dem Taxi her.«

Janvier fragte:

»Haben Sie sie gestern gesehen?«

»Nein, gestern nicht, aber vorgestern. Vorgestern

war Sonntag, oder? Sie kam kurz nach Mittag, mit kleinen Paketen, und sie haben auf dem Zimmer gegessen. Dann sind sie Arm in Arm raus, vermutlich ins Kino.«

»Geben Sie mir den Schlüssel.«

Sie zuckte mit den Achseln. Widerstand war zwecklos.

»Geben Sie sich Mühe, damit er nicht merkt, dass Sie sein Zimmer durchwühlt haben. Sonst ist er sauer auf mich.«

Janin blieb vorsichtshalber unten, auch um zu verhindern, dass die Alte Pierre Eyraud anrief und ihn informierte. Alle Türen standen offen in der ersten Etage, wo die Zimmer stundenweise oder für noch kürzer vermietet wurden. Weiter oben wohnten die Langzeitmieter. Geräusche waren hinter den Türen zu hören; es musste hier noch einen anderen Musiker geben, jemand spielte Akkordeon.

Janvier betrat die 53, die auf den Innenhof ging. Ein Bett aus Eisen, ein Bettvorleger, abgewetzt und verblichen wie die Tischdecke. Auf dem Toilettentisch lagen eine Zahnbürste, eine Tube Zahnpasta, ein Kamm, ein Rasierpinsel und ein Rasiermesser. Ein großer unverschlossener Koffer für die Schmutzwäsche stand in einer Ecke.

Janvier fand im Schrank nur einen einzigen Anzug, eine abgetragene Hose, einen grauen Filzhut und eine Mütze. Pierrots Wäsche bestand nur aus drei oder vier Hemden, mehreren Paar Schuhen und Unterhosen. Eine Schublade war voller Noten. Auf der unteren Ablage des Nachttisches fand er endlich Frauenpantoffeln und hinter der Tür einen Morgenmantel aus lachsfarbenem Chiffon.

Er ging wieder nach unten. Janin hatte inzwischen Zeit gehabt, mit der Inhaberin zu plaudern.

»Ich hab die Adressen von zwei, drei Restaurants, wo er regelmäßig isst.«

Erst auf der Straße notierte Janvier sich die Namen.

»Besser, du bleibst hier«, sagte er zu Janin. »Wenn die Zeitungen rauskommen, wird er erfahren, was mit seiner Freundin passiert ist, wenn er es nicht schon weiß. Vielleicht kommt er ins Hotel zurück.«

»Du glaubst, dass er es war?«

»Der Chef hat mir nichts gesagt.«

Janvier begab sich zu einem italienischen Restaurant am Boulevard Rochechouart, ein ruhiges, gemütliches Lokal, wo es nach Kräutern roch. Zwei Kellnerinnen in Schwarz-Weiß kümmerten sich um die Tische, aber niemand ähnelte der Beschreibung Pierrots.

»Haben Sie Pierre Eyraud gesehen?«

»Den Musiker? Nein, der war nicht da. Welchen Tag haben wir heute? Dienstag? Es würde mich wundern, wenn er käme. Das ist nicht sein Tag.«

Das zweite Restaurant auf der Liste war eine

Brasserie, nah dem Carrefour Barbès, auch dort hatte man Pierrot nicht gesehen.

Es blieb eine letzte Möglichkeit, ein Lokal, in dem Taxifahrer verkehrten, mit einer gelb angemalten Frontseite und einer Schiefertafel beim Eingang, auf der das Menü stand. Der Wirt war hinter der Theke und schenkte Wein aus. Nur eine Frau bediente, eine große Dürre, und in der Küche war die Wirtin zu sehen.

Janvier trat an den Tresen und bestellte ein Bier. Alle schienen einander zu kennen, sodass man ihn neugierig betrachtete.

»Ich hab kein Bier vom Fass«, sagte der Wirt. »Wollen Sie lieber ein Glas Beaujolais?«

Er nickte und wartete ein wenig, ehe er fragte:

»Pierrot war nicht da?«

»Der Musiker?«

»Ja, wir waren um Viertel nach zwölf verabredet.«

Es war Viertel vor eins.

»Wenn Sie um Viertel nach zwölf da gewesen wären, hätten Sie ihn angetroffen.«

Man misstraute ihm nicht. Er wirkte wohl recht unbefangen.

»Er hat nicht auf mich gewartet?«

»Offen gesagt hat er nicht mal zu Ende gegessen.«

»Hat ihn jemand abgeholt?«

»Nein, er ist mit einem Mal weggegangen, hat gesagt, er habe es eilig.«

»Wann?«

»Ungefähr vor einer Viertelstunde.«

Janvier, der seinen Blick über die Tische schweifen ließ, bemerkte, dass zwei Gäste die Nachmittagszeitung lasen, während sie aßen. Ein Tisch am Fenster war noch nicht abgedeckt, neben einem Teller mit Kalbsragout lag eine Zeitung ausgebreitet.

»Hat er da gesessen?«

»Ja.«

Janvier musste nur zweihundert Meter durch den Regen laufen, um auf Janin zu stoßen, der in der Rue Riquet Wache stand.

»Er ist nicht zurückgekommen?«

»Ich hab niemand gesehen.«

»Vor knapp einer halben Stunde war er noch in einem kleinen Restaurant. Ein Zeitungsverkäufer ist vorbeigekommen, und nachdem er die Titelseite gesehen hat, ist er überstürzt aufgebrochen. Ich ruf besser den Chef an.«

Auf Maigrets Schreibtisch am Quai des Orfèvres stand ein Tablett mit zwei sehr großen Sandwiches und zwei Gläsern Bier. Der Kommissar hörte sich Janviers Bericht an.

»Versuch den Namen der Bar rauszubekommen, wo er spielt. Die Hotelwirtin kennt ihn wahrscheinlich. Das muss irgendwo im Viertel sein. Und Janin soll das Hotel weiter überwachen.«

Maigret hatte recht. Die Wirtin kannte den Namen. Auch in ihrem Büro lag die Zeitung, aber sie hatte keinen Zusammenhang hergestellt zwischen der Louise Filon, von der die Rede war, und der Lulu, die sie kannte. In der Morgenausgabe stand übrigens nur:

Eine gewisse Louise Filon, ohne Beruf, ist heute Morgen in einer Wohnung in der Avenue Carnot von ihrer Putzfrau tot aufgefunden worden. Sie wurde durch einen aus nächster Nähe abgegebenen Revolverschuss getötet, vermutlich am gestrigen Abend. Es scheint sich nicht um Raubmord zu handeln. Kommissar Maigret persönlich leitet die Untersuchung, und es steht zu vermuten, dass er bereits eine Spur verfolgt.

Pierrot arbeitete im Grelot, einer Tanzbar in der Rue de la Charbonnière, nahe der Ecke zum Boulevard de la Chapelle. Das lag immer noch im Viertel, aber in dem am wenigsten vertrauenerweckenden Teil. Schon auf dem Boulevard de la Chapelle begegnete Janvier Arabern, die im Regen herumirrten und anscheinend nichts zu tun hatten. Es gab auch andere Männer und Frauen, die gegen die Vorschriften mitten am Tag vor den Hotels auf Kundschaft warteten.

Die Fassade des Grelot war lila angestrichen, das

Licht abends sicher auch lila. Um diese Uhrzeit war drinnen nur der Wirt zu sehen, der mit einer nicht mehr ganz jungen Frau, vielleicht seiner eigenen, zu Mittag aß. Janvier, der die Tür zugezogen hatte und sich dem Wirt näherte, begriff, dass der Mann seinen Beruf sofort erkannt hatte.

»Was wollen Sie? Die Bar öffnet erst um fünf.«

Janvier zeigte seine Marke, und der Wirt rührte sich nicht. Er war klein und kräftig, hatte die Nase und die Ohren eines ehemaligen Boxers. Über der Tanzfläche hing eine Art Balkon an der Wand, auf den die Musiker wohl über eine Leiter kletterten.

»Was gibt's?«

»Pierrot ist nicht da?«

Der Wirt blickte sich in dem leeren Raum um und antwortete nur:

»Sehen Sie ihn?«

»Ist er heute nicht gekommen?«

»Er arbeitet erst ab sieben. Ab und zu kommt er gegen vier oder fünf, um eine Runde Karten zu spielen.«

»Hat er gestern gearbeitet?«

Janvier merkte, dass etwas nicht stimmte, denn der Mann und die Frau sahen sich an.

»Was hat er angestellt?«, fragte der Mann vorsichtig.

»Vielleicht überhaupt nichts. Ich habe nur ein, zwei Fragen an ihn.«

»Warum?«

Der Inspektor setzte alles auf eine Karte.

»Weil Lulu tot ist.«

»Wie? Was sagen Sie da?«

Er war wirklich überrascht, zudem war nirgendwo eine Zeitung zu sehen.

»Seit wann?«

»Seit heute Nacht.«

»Was ist mit ihr passiert?«

»Sie kennen sie?«

»Eine Zeit lang war sie Stammgast und fast jeden Abend hier. Das war vor zwei Jahren.«

»Und jetzt?«

»Sie kam von Zeit zu Zeit, trank ein Glas und hörte der Musik zu.«

»Wann ist Pierrot gestern Abend zwischendrin weggegangen?«

»Wer hat Ihnen gesagt, dass er weggegangen ist?«

»Die Concierge in der Avenue Carnot, die ihn gut kennt, hat gesehen, wie er das Gebäude betrat und eine Viertelstunde später wieder verließ.«

Der Wirt verstummte für einen Moment, um zu überlegen, wie er sich verhalten sollte. Auch er war vom Wohlwollen der Polizei abhängig.

»Sagen Sie zuerst, was mit Lulu passiert ist.«

»Sie wurde umgebracht.«

»Nicht von Pierrot!«, erwiderte er voller Überzeugung.

»Ich habe nicht gesagt, dass es Pierrot war.«

»Was wollen Sie dann von ihm?«

»Ich benötige einige Auskünfte. Sie behaupten, dass er gestern Abend gearbeitet hat?«

»Ich behaupte nichts, das ist die Wahrheit. Um sieben Uhr hat er da oben Saxophon gespielt.«

Sein Blick deutete auf den Balkon.

»Um neun ist er aber gegangen?«

»Er wurde ans Telefon gerufen, um zwanzig nach neun.«

»War das Lulu?«

»Keine Ahnung, vermutlich.«

»Ich weiß es«, sagte die Frau, »ich stand neben dem Apparat.«

Dieser hing nicht in einer Kabine, sondern in einer Nische neben der Tür zu den Toiletten.

»Er hat zu ihr gesagt: ›Ich komme sofort.‹

Und dann zu mir:

›Mélanie, ich muss schnell da hin.‹

Ich hab ihn gefragt:

›Stimmt irgendwas nicht?‹

Und er hat geantwortet:

›Es sieht so aus.‹

Er ist hochgegangen, um mit den anderen Musikern zu reden, und dann hinausgestürzt.«

»Wann ist er zurückgekommen?«

Nun antwortete der Mann:

»Kurz vor elf.«

»Wirkte er aufgeregt?«

»Mir ist nichts aufgefallen. Er hat sich für seinen Abgang entschuldigt und ist zurück an seinen Platz. Er hat bis ein Uhr morgens gespielt. Nach Lokalschluss hat er wie immer ein Glas mit uns getrunken. Wenn er gewusst hätte, dass Lulu tot ist, hätte er das nicht über sich gebracht. Er war verrückt nach ihr und nicht erst seit heute. Hundertmal hab ich zu ihm gesagt:

›Du irrst dich, mein kleiner Pierrot. Man muss die Frauen so behandeln, wie sie es verdienen, und …‹«

Seine Frau unterbrach ihn barsch:

»Na, vielen Dank!«

»Das ist doch was anderes.«

»Lulu hat ihn nicht geliebt?«

»Doch, schon.«

»Hatte sie einen anderen?«

»Die Wohnung im Étoile-Viertel hat ihr sicher kein Saxophonist bezahlt.«

»Kennen Sie ihn?«

»Sie hat ihn mir gegenüber nie erwähnt, Pierrot auch nicht. Ich weiß nur, dass sich ihr Leben nach der Operation verändert hat.«

»Was für eine Operation?«

»Vor zwei Jahren war sie sehr krank. Sie lebte damals hier im Viertel.«

»Ging sie auf den Strich?«

Der Mann zuckte mit den Achseln.

»Was tun sie sonst hier?«

»Und weiter?«

»Man hat sie in ein Krankenhaus gebracht, und als Pierrot von einem Besuch bei ihr zurückkam, hat er gesagt, dass es keine Hoffnung gebe. Irgendwas im Kopf, ich weiß es nicht. Nach zwei Tagen hat man sie dann in ein anderes Krankenhaus gebracht, an der Rive Gauche. Man hat sie operiert, und nach einigen Wochen war sie wieder gesund. Nur ist sie nicht wieder hergekommen, allenfalls kurz auf Besuch.«

»Sie ist sofort in die Avenue Carnot gezogen?«

»Weißt du das noch?«, fragte der Wirt seine Frau.

»Ich erinnere mich, erst hatte sie eine Wohnung in der Rue La Fayette.«

Mehr hatte Janvier nicht herausbekommen, als er gegen drei an den Quai des Orfèvres zurückkehrte. Maigret saß immer noch in seinem Büro, in Hemdsärmeln, denn der Raum war überheizt, die Luft blau von Pfeifenrauch.

»Setz dich, erzähl.«

Janvier berichtete, was er erfahren hatte.

»Ich habe angeordnet, die Bahnhöfe zu überwachen«, sagte der Kommissar zu Janvier, als der fertig war. »Bislang hat Pierrot noch nicht versucht, einen Zug zu nehmen.«

Er zeigte ihm eine Karte des Erkennungsdienstes mit Frontal- und Profilfoto eines Mannes, der deutlich jünger als dreißig aussah.

»Ist er das?«

»Ja. Mit zwanzig wurde er zum ersten Mal festgenommen, wegen Körperverletzung bei einer Schlägerei in einer Bar in der Rue de Flandre. Eineinhalb Jahre später stand er unter Verdacht, in eine Betrugssache verwickelt gewesen zu sein, von einem Mädchen begangen, mit dem er zusammenlebte, aber man konnte ihm nichts nachweisen. Mit vierundzwanzig wurde er ein letztes Mal festgenommen wegen Zuhälterei. Er hatte damals keine Arbeit und lebte von den Einkünften einer Prostituierten, einer gewissen Ernestine. Seitdem nichts. Ich habe seine Personenbeschreibung an alle Dienststellen geschickt. Janin überwacht immer noch das Hotel?«

»Ja, ich dachte, das wär besser.«

»Gut gemacht. Ich glaube nicht, dass er in nächster Zeit dorthin zurückkommen wird, aber wir dürfen kein Risiko eingehen. Allerdings brauche ich Janin. Ich werde den kleinen Lapointe bitten, ihn abzulösen. Weißt du, es würde mich wundern, wenn Pierrot Paris verlassen will. Er hat sein ganzes Leben in dem Viertel verbracht, er kennt es wie seine Westentasche, da kann er leicht irgendwo untertauchen. Janin findet sich dort besser zurecht als wir. Ruf Lapointe.«

Dieser hörte sich die Anweisungen an und eilte hinaus, so beflissen, als läge die Last der ganzen Untersuchung auf ihm.

»Ich habe hier auch die Akte Louise Filon. Zwischen fünfzehn und vierundzwanzig wurde sie über hundertmal aufgegriffen, in Gewahrsam genommen, untersucht, unter Beobachtung gestellt. In den meisten Fällen wurde sie nach ein paar Tagen wieder entlassen. Das ist alles«, seufzte Maigret und klopfte seine Pfeife am Absatz aus. »Nein, das ist keineswegs alles, aber alles andere ist noch sehr unklar.«

Vielleicht sprach er mit sich selbst, um seine Gedanken zu ordnen, Janvier war dennoch ziemlich geschmeichelt, dem beiwohnen zu dürfen.

»Irgendwo gibt es einen Mann, der Lulu in der Avenue Carnot einquartiert hat. Heute Morgen hat es mir plötzlich zu denken gegeben, ein Mädchen wie sie in diesem Haus zu finden. Verstehst du, was ich meine?«

»Ja.«

Es war keins von den Häusern, in denen ausgehaltene Frauen wohnten. Im ganzen Viertel gab es das nicht. Dieses Haus in der Avenue Carnot strahlte vornehme Bürgerlichkeit, Anstand aus, und es war erstaunlich, dass der Eigentümer oder Verwalter so ein Mädchen als Mieterin akzeptiert hatte.

»Zuerst hab ich mir gesagt, dass ihr Liebhaber sie

46

dorthin gebracht hat, um sie in seiner Nähe zu haben. Nun ist es aber so, wenn die Concierge nicht lügt, dass Lulu niemand außer Pierrot empfangen hat. Sie ging nicht mal regelmäßig aus, und es kam vor, dass sie eine ganze Woche zu Hause blieb.«

»Allmählich verstehe ich …«

»Was verstehst du?«

Janvier errötete und gab zu:

»Ich weiß nicht.«

»Ich auch nicht. Ich stelle nur Mutmaßungen an. Die Herrenhausschuhe und der Morgenmantel, die wir im Schrank gefunden haben, gehören sicher nicht dem Saxophonisten. In dem Geschäft in der Rue de Rivoli weiß man nicht, wer den Morgenmantel gekauft hat. Sie haben Hunderte von Kunden und nehmen nicht die Namen von denen auf, die bar bezahlen. Was den Schuhmacher angeht, der ist ein echtes Original. Er sagt, dass er heute keine Zeit hat, seine Bücher zu prüfen, verspricht aber, das demnächst zu tun.

Auf jeden Fall ist ein anderer Mann als Pierrot regelmäßig zu Louise Filon gekommen, und sie waren so vertraut miteinander, dass er bei ihr einen Morgenmantel und Pantoffeln getragen hat. Wenn die Concierge ihn aber nie gesehen hat …«

»… dann wohnt er im Haus?«

»Das wäre die logische Erklärung.«

»Haben Sie eine Aufstellung der Mieter?«

»Lucas hat sie mir gerade telefonisch durchgegeben.«

Janvier fragte sich, warum sein Chef so mürrisch dreinschaute, als störe ihn etwas an der Geschichte.

»Was du mir zu Lulus Krankheit und ihrer Operation gesagt hast, das könnte ein Hinweis sein, und in diesem Fall …«

Er nahm sich die Zeit, seine Pfeife anzuzünden, und beugte sich über eine Namensliste auf seinem Schreibtisch.

»Weißt du, wer direkt über ihr wohnt? Professor Gouin, der Chirurg, zufällig der größte Spezialist für Schädel- und Gehirnoperationen.«

Janvier erwiderte:

»Ist er verheiratet?«

»Natürlich ist er verheiratet, und er lebt mit seiner Frau zusammen.«

»Was haben Sie vor?«

»Zuerst spreche ich mit der Concierge. Selbst wenn sie mich heute Morgen nicht angelogen hat, die ganze Wahrheit hat sie mir nicht gesagt. Vielleicht gehe ich dann auch zu Mutter Brault, für die vermutlich das Gleiche gilt.«

»Und ich?«

»Du bleibst hier. Wenn Janin anruft, bittest du ihn, im Viertel nach Pierrot zu suchen. Er soll ein Foto mitnehmen.«

Es war fünf Uhr und schon dunkel in den Straßen,

als Maigret in einem Polizeiwagen durch die Stadt fuhr. Am Morgen, als seine Frau aus dem Fenster geschaut hatte, um zu sehen, was die Leute anhatten, war ihm ein komischer Gedanke gekommen. Er hatte sich gesagt, dass dieser Tag genau dem entsprach, was man unter einem »Werktag« versteht. Das Wort war ihm einfach so in den Sinn gekommen, wie man sich an den Refrain eines Liedes erinnert. Ein Tag, von dem man sich nicht vorstellen konnte, dass die Leute zum Vergnügen auf die Straße gehen, nicht mal, dass sie irgendwo anders Spaß haben könnten, ein Tag, an dem man es eilig hatte, unter Mühen tat, was zu tun war, während man im Regen herumstapfte, sich in die Metroeingänge, in Läden und Büros zwängte, ringsum nichts als feuchte Eintönigkeit.

Auch er hatte so gearbeitet. Sein Büro war überheizt, und ohne große Begeisterung begab er sich erneut in die Avenue Carnot, wo der große Bau all seinen Reiz verloren hatte. Der brave Lucas war immer noch da, in der Wohnung im dritten Stock. Von unten sah Maigret, wie er mit der Hand den Vorhang beiseiteschob und trübsinnig auf die Straße blickte.

Die Concierge saß an dem runden Tisch in ihrer Loge und war damit beschäftigt, Bettlaken auszubessern. Mit der Brille sah sie nicht mehr so jung aus. Auch hier war es heiß und still, eine alte Wanduhr tickte, und in der Küche zischte der Gasofen.

»Lassen Sie sich nicht stören. Ich möchte nur mit Ihnen plaudern.«

»Steht fest, dass sie umgebracht wurde?«, fragte sie, während er seinen Mantel ablegte und es sich ihr gegenüber bequem machte.

»Wenn nicht irgendjemand nach ihrem Selbstmord den Revolver weggeschafft hat, was aber unwahrscheinlich ist. Die Putzfrau war oben nur ein paar Minuten allein, und bevor sie ging, habe ich mich versichert, dass sie nichts bei sich hatte. Ich konnte sie natürlich keiner Leibesvisitation unterziehen. Woran denken Sie, Madame Cornet?«

»Ich? An nichts Bestimmtes ... an dieses arme Mädchen.«

»Sind Sie sicher, dass Sie mir heute Morgen alles gesagt haben?«

Er sah, wie sie rot wurde und sich tiefer über ihre Arbeit beugte. Sie ließ einen Augenblick verstreichen, ehe sie zurückfragte:

»Warum fragen Sie das?«

»Weil ich glaube, dass Sie den Mann kennen, der Louise Filon in dieses Haus gebracht hat. Haben Sie ihr die Wohnung vermietet?«

»Nein, der Verwalter.«

»Ich werde ihn aufsuchen, er weiß sicher mehr. Zudem glaube ich, dass ich in den vierten Stock gehen und einige Auskünfte einholen werde.«

Jetzt hob sie den Kopf ruckartig.

»In den vierten?«

»Da hat Professor Gouin seine Wohnung, nicht wahr? Soweit ich weiß, bewohnen er und seine Frau die ganze Etage.«

»Ja.«

Sie hatte sich wieder gefangen.

Maigret fuhr fort:

»Ich kann sie auf jeden Fall fragen, ob sie gestern Abend etwas gehört haben. Waren die beiden zu Hause?«

»Madame Gouin war da.«

»Den ganzen Tag?«

»Ja. Ihre Schwester ist gekommen und bis halb zwölf geblieben.«

»Und der Professor?«

»Er ist gegen acht ins Krankenhaus gegangen.«

»Wann ist er zurückgekommen?«

»Um Viertel nach elf ungefähr, kurz bevor seine Schwägerin aufgebrochen ist.«

»Geht der Professor häufig abends ins Krankenhaus?«

»Ziemlich selten, nur bei einem Notfall.«

»Ist er jetzt da?«

»Nein, er kommt fast immer erst zum Abendessen zurück. Er hat zwar ein Büro in der Wohnung, aber normalerweise empfängt er keine Patienten bei sich.«

»Ich werde seine Frau befragen.«

Sie wartete, bis er aufstand und zu dem Stuhl ging, auf dem er seinen Mantel abgelegt hatte. Als er die Tür öffnen wollte, murmelte sie:

»Monsieur Maigret!«

Er hatte es fast erwartet und wandte sich ihr mit einem leisen Lächeln zu. Als sie fast flehentlich nach Worten suchte, sagte er:

»Ist er es?«

Sie verstand ihn falsch.

»Sie wollen doch nicht sagen, dass der Professor …«

»Aber nein, das will ich nicht sagen. Ich bin mir nur so gut wie sicher, dass es Professor Gouin war, der Louise Filon hier untergebracht hat.«

Sie nickte widerwillig.

»Warum haben Sie mir das nicht gesagt?«

»Sie haben mich nicht danach gefragt.«

»Ich habe Sie gefragt, ob Sie den Mann kennen, der …«

»Nein, Sie haben mich gefragt, ob ich, von dem Musiker abgesehen, manchmal jemand sehe, der zu ihr hochgeht.«

Es war sinnlos, weiter zu diskutieren.

»Hat der Professor Sie gebeten zu schweigen?«

»Nein, das ist ihm gleichgültig.«

»Woher wissen Sie das?«

»Weil er nichts verbirgt.«

»Warum haben Sie mir dann nicht gesagt, dass …«

»Ich weiß nicht. Ich dachte, es ist unnötig, ihn da hineinzuziehen. Er hat meinen Sohn gerettet. Er hat ihn umsonst operiert und ihn mehr als zwei Jahre lang behandelt.«

»Wo ist Ihr Sohn?«

»Bei der Armee, in Indochina.«

»Weiß Madame Gouin Bescheid?«

»Ja, sie ist nicht eifersüchtig und an so was gewöhnt.«

»Das heißt also, das ganze Haus weiß, dass Lulu die Geliebte des Professors ist?«

»Und wer er es nicht weiß, der will es einfach nicht wissen. Die Mieter kümmern sich hier wenig umeinander. Es ist oft passiert, dass er im Schlafanzug und Morgenmantel in den dritten Stock gegangen ist.«

»Was für ein Mensch ist er?«

»Sie kennen ihn nicht?«

Sie sah Maigret enttäuscht an. Der Kommissar hatte Gouins Fotos oft in der Zeitung gesehen, war ihm aber nie persönlich begegnet.

»Er ist fast sechzig, ja?«

»Zweiundsechzig, was man ihm aber nicht ansieht. Bei Männern wie ihm spielt das Alter übrigens keine Rolle.«

Maigret erinnerte sich dunkel an einen mächtigen Kopf mit großer Nase und festem Kinn, aber bereits eingefallenen Wangen und Tränensäcken unter den Augen. Es war lustig, der Concierge zuzuhören, wie sie von ihm mit der gleichen Begeisterung sprach wie eine Konservatoriumsschülerin von ihrem Lehrer.

»Wissen Sie, ob er sie gestern gesehen hat, bevor er ins Krankenhaus fuhr?«

»Ich hab Ihnen gesagt, dass es erst acht Uhr war, und der junge Mann ist später gekommen.«

Sie war nur daran interessiert, Gouin herauszuhalten.

»Und als er zurückkam?«

Sie suchte offenkundig nach der besten Antwort.

»Sicher nicht.«

»Warum?«

»Weil seine Schwägerin ein paar Minuten nach seiner Ankunft herunterkam.«

»Sie glauben, dass er seiner Schwägerin begegnet ist?«

»Ich denke, dass sie auf ihn gewartet hat.«

»Sie verteidigen ihn mit Herzblut, Madame.«

»Ich sage nur die Wahrheit.«

»Wenn Madame Gouin Bescheid weiß, gibt es ja keinen Grund, dass ich nicht zu ihr gehe.«

»Finden Sie das taktvoll?«

»Vermutlich nicht, Sie haben recht.«

Trotzdem wandte er sich zur Tür.

»Wo gehen Sie hin?«

»Nach oben. Ich lasse die Tür einen Spalt offen,

und wenn der Professor nach Hause kommt, bitte ich ihn um ein kurzes Gespräch.«

»Wenn Sie darauf Wert legen …«

»Danke.«

Sie war ihm sympathisch. Als die Tür wieder geschlossen war, drehte er sich um und betrachtete sie durch die Glasscheibe. Sie war aufgestanden, und als sie seinen Blick bemerkte, schien sie das zu bereuen. Sie ging Richtung Küche, als hätte sie dort etwas Dringendes zu erledigen, aber er war überzeugt, dass sie nicht in die Küche wollte, sondern zu dem kleinen Tisch am Fenster, auf dem das Telefon stand.

3

»Wo hast du sie gefunden?«
»Auf dem obersten Brett im Küchenschrank.«

Es handelte sich um eine Schuhschachtel aus weißem Karton, und Lucas hatte das rote Band, das sie umschloss, als er sie fand, auf dem Tischchen liegen lassen.

Der Inhalt erinnerte Maigret an andere »Schätze«, wie er sie oft auf dem Land oder bei armen Leuten gesehen hatte: der Trauschein, vergilbte Briefe, manchmal ein Schuldschein aus dem Pfandhaus – nicht immer in einer Schachtel aufbewahrt, sondern auch in einer Suppenschüssel des guten Geschirrs oder einer Obstschale.

Louise Filons Schatz unterschied sich davon nicht groß. Es gab keinen Trauschein, aber den Auszug einer Geburtsurkunde, ausgestellt im Rathaus vom 18. Arrondissement, die bestätigte, dass Louise Marie Joséphine Filon in Paris geboren wurde, als Tochter des Darmherstellers Ernest Filon, wohnhaft Rue de Cambrai in der Nähe der Schlachthöfe von La Villette, und der Wäscherin Philippine Le Flem.

Von dieser wahrscheinlich gab es auch ein Bild, aufgenommen von einem Fotografen aus dem Viertel. Die traditionelle Leinwand hinter ihr zeigte einen Park mit Balustrade im Vordergrund. Die Frau, die, als das Porträt angefertigt worden war, um die dreißig gewesen sein musste, war nicht in der Lage gewesen, auf Geheiß des Fotografen zu lächeln, und blickte starr vor sich hin. Wahrscheinlich hatte sie außer Louise noch weitere Kinder gehabt, denn ihr Körper war bereits aus der Form gegangen, und ihre Brüste hingen schlaff in der Korsage.

Lucas hatte wieder in dem Sessel Platz genommen, in dem er, bevor er dem Kommissar öffnete, gesessen hatte. Der konnte sich, als er eintrat, ein Lächeln nicht verkneifen, denn neben der brennenden Zigarette im Aschenbecher lag aufgeschlagen einer von Lulus Groschenromanen, den sich der Polizist aus Langeweile gegriffen und fast bis zur Hälfte gelesen hatte.

»Sie ist gestorben«, sagte Lucas und deutete auf das Foto, »vor sieben Jahren.«

Er reichte seinem Chef einen Zeitungsausschnitt mit den standesamtlichen Nachrichten, die die an diesem Tag Gestorbenen auflisteten, darunter die besagte Philippine Filon, geborene Le Flem.

Die beiden Männer hatten die Tür einen Spalt offen gelassen, und Maigret horchte auf, als sich der

Aufzug bewegte. Bisher war er erst einmal in Betrieb gewesen und hatte im zweiten Stock gehalten.

»Und ihr Vater?«

»Von dem gibt's nur diesen Brief hier.«

Er war auf billigem Papier mit Bleistift geschrieben, und die Schrift stammte von jemandem, der nicht lange zur Schule gegangen war.

Meine liebe Louise,

hiermit teile ich Dir mit, dass ich wieder im Krankenhaus bin und sehr unglücklich. Vielleicht bist Du so gut und schickst mir etwas Geld, dass ich mir Tabak kaufen kann. Sie behaupten, dass Essen mir nicht bekommen würde, und lassen mich verhungern. Ich schicke diesen Brief in die Bar, wo jemand von hier Dich angeblich gesehen hat. Wahrscheinlich kennt man Dich da. Ich mach es nicht mehr lang.

Dein Vater

In einer Ecke stand der Name eines Krankenhauses in Béziers, Departement Hérault. Kein Datum, das verriet, wann der Brief geschrieben worden war, vermutlich vor zwei oder drei Jahren, nach dem Zustand des Papiers zu urteilen.

Hatte Louise Filon noch weitere Briefe bekommen? Warum hatte sie nur diesen aufbewahrt? Weil ihr Vater kurz darauf gestorben war?

»Du erkundigst dich in Béziers.«

»Klar, Chef.«

Maigret entdeckte keine weiteren Briefe, nur Fotografien, die meisten aufgenommen auf Volksfesten; auf einigen war Louise allein zu sehen, auf anderen zusammen mit Pierrot. Und es gab auch Automatenpassfotos der jungen Frau.

Der Rest bestand aus kleinen Gegenständen, Rummelplatzgewinne, ein Fayencehund, ein Aschenbecher, ein Elefant aus Filigranglas und sogar Papierblumen.

Es wäre normal gewesen, wenn man einen solchen Schatz in Barbès oder am Boulevard de la Chapelle vorgefunden hätte. Hier jedoch, in einer Wohnung in der Avenue Carnot, nahm sich der Karton fast tragisch aus.

»Das ist alles?«

Als Lucas gerade antworten wollte, fuhren die beiden zusammen: Das Telefon läutete, und Maigret nahm schnell ab.

»Hallo!«, sagte er.

»Spricht da Monsieur Maigret?«

Eine Frau war in der Leitung.

»Ja, ich bin es.«

»Entschuldigen Sie, dass ich Sie störe, Herr Kommissar. Ich habe in Ihrem Büro angerufen, wo man mir sagte, dass Sie wahrscheinlich hier wären oder vorbeikämen. Hier spricht Madame Gouin.«

»Ich höre.«

»Kann ich hinunterkommen und mich einen Augenblick mit Ihnen unterhalten?«

»Wäre es nicht einfacher, wenn ich zu Ihnen hochkäme?«

Die Stimme klang entschlossen, und sie blieb es, als sie antwortete:

»Ich komme lieber nach unten. Ich will vermeiden, dass mein Mann Sie in unserer Wohnung antrifft, wenn er nach Hause kommt.«

»Wie Sie wünschen.«

»Ich bin gleich da.«

Maigret blieb gerade noch Zeit, Lucas zuzuflüstern:

»Die Frau von Professor Gouin, die eine Etage höher wohnt.«

Kurz darauf hörten sie Schritte auf der Treppe. Dann öffnete jemand die angelehnte Wohnungstür und schloss sie hinter sich. Schließlich klopfte es an der Zwischentür zum Flur, die einen Spalt geöffnet war, und Maigret sagte:

»Kommen Sie herein, Madame.«

Sie tat das ganz ungezwungen, als beträte sie irgendeine beliebige Wohnung, und richtete ihren Blick, ohne sich im Zimmer umzusehen, sofort auf den Kommissar.

»Das ist Inspektor Lucas. Wenn Sie sich setzen wollen …«

»Ich danke Ihnen.«

Sie war groß und kräftig, ohne dick zu sein. Gouin war zweiundsechzig, doch sie war höchstens fünfundvierzig, zumindest sah sie nicht älter aus.

»Ich vermute, Sie haben auf meinen Anruf gewartet?«, sagte sie und deutete ein Lächeln an.

»Hat Sie die Concierge benachrichtigt?«

Sie zögerte einen Augenblick, ohne ihn aus den Augen zu lassen, und ihr Lächeln wurde breiter.

»Das stimmt. Sie rief mich vorhin an.«

»Sie wussten also, dass ich hier bin. Wenn Sie in meinem Büro angerufen haben, dann nur, um Ihrem Auftritt den Anschein von Spontanität zu geben.«

Sie errötete unmerklich und verlor nichts von ihrer Selbstsicherheit.

»Mir hätte klar sein müssen, dass Sie das herausfinden. Ich hätte mich aber auf jeden Fall mit Ihnen in Verbindung gesetzt, das müssen Sie mir glauben. Gleich heute Morgen, als ich erfahren habe, was geschehen ist, wollte ich mit Ihnen sprechen.«

»Warum haben Sie es nicht getan?«

»Vielleicht weil ich nicht wollte, dass mein Mann in diese Geschichte hineingezogen wird.«

Maigret hatte sie die ganze Zeit beobachtet und bemerkt, dass sie die Einrichtung keines Blickes gewürdigt und nicht die geringste Neugier an den Tag gelegt hatte.

»Wann waren Sie zum letzten Mal hier, Madame?«
Wieder legte sich ein leichtes Rot auf ihre Wangen, doch sie gab sich unbeeindruckt.

»Woher wissen Sie, dass ich schon mal hier war? Das konnte Ihnen doch keiner sagen, nicht mal Madame Cornet.«

Sie dachte nach und brauchte nicht lange für die Antwort auf seine Frage:

»Vermutlich habe ich mich nicht verhalten wie jemand, der zum ersten Mal eine Wohnung betritt, zumal eine Wohnung, in der ein Verbrechen begangen wurde, oder?«

Lucas saß inzwischen auf dem Sofa, fast an der Stelle, wo am Morgen Louise Filons Leiche gelegen hatte. Madame Gouin hatte sich in einen Sessel gesetzt, und Maigret blieb stehen, den Rücken an den Kamin gelehnt, in dem nur Attrappen von Holzscheiten lagen.

»Ich antworte Ihnen selbstverständlich. Eines Nachts, vor sieben oder acht Monaten rief mich die Person an, die hier lebte, völlig durcheinander, weil mein Mann gerade einen Herzanfall gehabt hatte.«

»Er befand sich im Schlafzimmer?«

»Ja. Ich bin heruntergekommen und habe Erste Hilfe geleistet.«

»Haben Sie Medizin studiert?«

»Ich war Krankenschwester vor unserer Heirat.«
Seitdem sie da war, hatte sich Maigret gefragt,

62

aus was für Verhältnissen sie kam, ohne eine Antwort darauf zu finden. Nun verstand er ihr selbstbewusstes Auftreten.

»Fahren Sie fort.«

»Das ist fast alles. Ich telefonierte gerade mit einem befreundeten Arzt, als Etienne wieder zu sich kam und mir untersagte, irgendjemanden anzurufen.«

»War er überrascht, Sie an seinem Bett vorzufinden?«

»Nein. Er hat mich immer auf dem Laufenden gehalten und nichts vor mir verheimlicht. In dieser Nacht ist er dann mit mir hochgegangen und schließlich ganz ruhig eingeschlafen.«

»War das sein erster Anfall?«

»Drei Jahre zuvor hatte er schon mal einen, aber der war harmloser.«

Sie war immer noch ruhig und gefasst, so wie man sich eine Schwester am Bett eines Kranken vorstellte. Lucas, der die Zusammenhänge noch nicht kannte, war verblüfft darüber, dass eine Frau derart ruhig über die Geliebte ihres Mannes redete.

»Warum«, fragte Maigret, »wollten Sie mich heute Abend sprechen?«

»Die Concierge hat mir mitgeteilt, dass Sie sich gern mit meinem Mann unterhalten würden, und ich habe mich gefragt, ob sich das verhindern ließe, sofern eine Unterhaltung mit mir Ihnen die gleichen Auskünfte liefern würde. Sie kennen den Professor?«

»Nur vom Hörensagen.«

»Er ist ein außergewöhnlicher Mann, wie es in seiner Generation nur wenige gibt.«

Der Kommissar nickte zustimmend.

»Er widmet sein ganzes Leben der Arbeit, die für ihn eine wahre Berufung ist. Neben den Lehrveranstaltungen und dem Dienst im Krankenhaus Cochin macht er manchmal drei oder vier Operationen am selben Tag, und Sie wissen sicher, dass es sich dabei um höchst schwierige Operationen handelt. Ist es da erstaunlich, wenn ich mich bemühe, alle Probleme von ihm fernzuhalten?«

»Haben Sie Ihren Mann seit Louise Filons Tod gesehen?«

»Er ist zum Mittagessen nach Hause gekommen. Als er heute Morgen aufgebrochen ist, war in der Wohnung schon ein Kommen und Gehen, aber wir wussten von nichts.«

»Wie hat er sich mittags verhalten?«

»Es war ein Schlag für ihn.«

»Liebte er sie?«

Sie sah ihn an, ohne zu antworten. Dann warf sie einen Blick auf Lucas, dessen Gegenwart ihr unangenehm zu sein schien.

»Ich glaube, Monsieur Maigret, nach allem, was ich von Ihnen weiß, sind Sie ein Mann, der vieles versteht. Und gerade weil die anderen es nicht verstehen würden, will ich verhindern, dass sich die Geschichte herumspricht. Der Professor ist ein Mann, den das Gerede nicht erreichen darf, seine Tätigkeit ist zu wertvoll, als dass man riskieren dürfte, ihn durch unnötige Kümmernisse zu schwächen.«

Unwillkürlich blickte Maigret hinüber zu der Stelle, wo Lulus Leiche am Morgen gelegen hatte, und für ihn war das wie ein Kommentar der »unnötigen Kümmernisse«.

»Erlauben Sie mir, dass ich versuche, Ihnen eine Vorstellung von seinem Charakter zu geben?«

»Bitte.«

»Sie wissen wahrscheinlich, dass er aus einer armen Bauernfamilie aus den Cevennen stammt.«

»Ich wusste, dass seine Eltern Bauern waren.«

»Was er geworden ist, ist er durch seinen Willen geworden. Beinahe ohne zu übertreiben, könnte man sagen, dass er keine Kindheit gehabt hat, keine Jugend. Verstehen Sie, was ich meine?«

»Sehr gut.«

»Er ist eine Art Naturgewalt. Obgleich ich seine Frau bin, darf ich wohl sagen, dass er ein Genie ist, denn andere haben das vor mir gesagt und tun es bis heute.«

Maigret stimmte weiter zu.

»Die Menschen haben Genies gegenüber im Allgemeinen eine seltsame Haltung. Sie wollen ihnen gern zugestehen, dass sie sich von den anderen unterscheiden, was ihre Intelligenz und ihr berufliches Tun angeht. Jeder Kranke findet es normal, dass Gouin nachts um zwei für eine dringende Operation aufsteht, die nur er vorzunehmen in der Lage ist, und um neun wieder im Krankenhaus ist und sich über andere Patienten beugt. Aber dieselben Kranken wären schockiert, wenn sie erführen, dass er sich auch auf anderen Gebieten von ihnen unterscheidet.«

Maigret wusste, was kommen würde, zog es aber vor, sie reden zu lassen. Sie tat das übrigens mit überzeugender Ruhe.

»Etienne hat sich nie sehr für die kleinen Vergnügungen des Lebens interessiert. Er hat quasi keine Freunde. Ich erinnere mich nicht, dass er jemals richtige Ferien gemacht hat. Seine Energie ist unglaublich. Und die einzige Möglichkeit zu entspannen, die er kennt, sind die Frauen.«

Sie blickte zu Lucas hin, dann wieder zu Maigret.

»Hoffentlich schockiert Sie das nicht?«

»Keineswegs.«

»Sie verstehen mich, ja? Er ist kein Mann, der einer Frau den Hof macht. Das würde ihm nicht gefallen, und dafür hätte er keine Geduld. Was er von ihnen verlangt, ist komplette Entspannung. Ich glaube, dass er in seinem Leben nie verliebt war.«

»In Sie auch nicht?«

»Das habe ich mich oft gefragt. Ich weiß es nicht. Wir sind seit zweiundzwanzig Jahren verheiratet. Damals war er Junggeselle und lebte mit einer alten Haushälterin zusammen.«

»In diesem Haus?«

»Ja. Er hat diese Wohnung zufällig angemietet, als er dreißig war, und ist nie auf den Gedanken gekommen umzuziehen, selbst als er ans Cochin berufen wurde, das am anderen Ende der Stadt liegt.«

»Haben Sie mit ihm zusammengearbeitet?«

»Ja. Ich denke, ich kann ganz offen mit Ihnen sprechen?«

Lucas' Anwesenheit störte sie noch immer. Der spürte das, fühlte sich unwohl und wusste nicht, wohin mit seinen kurzen Beinen.

»Monatelang hat er mich nicht beachtet. Ich wusste wie alle im Krankenhaus, dass die meisten Schwestern irgendwann an die Reihe kamen und dass das nichts zu bedeuten hatte. Tags drauf schien er sich schon nicht mehr daran zu erinnern. Als ich einmal Nachtwache hatte und wir auf das Ergebnis einer dreistündigen Operation warteten, hat er mich genommen, ohne ein Wort.«

»Haben Sie ihn geliebt?«

»Ich glaube ja. Auf jeden Fall habe ich ihn bewundert. Ein paar Tage später hat er mich damit überrascht, dass er mit mir essen gehen wollte. In einem Restaurant im Faubourg Saint-Jacques. Er hat mich gefragt, ob ich verheiratet sei. Bis dahin hatte ihn das nicht interessiert. Dann wollte er wissen, was meine Eltern machten, und ich habe ihm geantwortet, dass mein Vater Fischer sei, in der Bretagne ... Langweile ich Sie?«

»Überhaupt nicht.«

»Ich möchte so gern, dass Sie ihn verstehen.«

»Haben Sie keine Angst, dass er nach Hause kommt und sich wundert, Sie oben nicht anzutreffen?«

»Bevor ich zu Ihnen gekommen bin, habe ich in der Klinik Saint-Joseph angerufen, wo er gerade operiert. Ich weiß, dass er nicht vor halb acht zurück ist.«

Es war Viertel nach sechs.

»Wo war ich stehen geblieben? Ja ... Wir haben zusammen mittaggegessen, und er wollte wissen, was mein Vater macht. Jetzt wird es komplizierter, vor allem weil ich nicht möchte, dass Sie einen falschen Eindruck bekommen. Es hat ihn beruhigt zu hören, dass ich aus ähnlichen Verhältnissen stammte wie er. Was kein Mensch weiß, ist, dass er schrecklich schüchtern ist, ich würde sagen: krankhaft schüchtern, aber nur Leuten aus einem anderen Milieu gegenüber. Ich vermute, dass er deswegen mit vierzig noch nicht verheiratet war und sich niemals in den sogenannten besseren Kreisen

68

bewegt hat. Alle Mädchen, die er sich nahm, waren Mädchen aus dem Volk.«

»Ich verstehe.«

»Ich frage mich, ob er mit einer anderen …«

Sie errötete bei diesen Worten, denen sie so einen ganz bestimmten Sinn gab.

»Er gewöhnte sich an mich, ohne von den anderen zu lassen. Eines schönen Tages dann hat er mich, wie nebenbei, gefragt, ob ich ihn heiraten wollte. Das ist unsere ganze Geschichte. Ich bin hier eingezogen und habe ihm den Haushalt gemacht.«

»Die Haushälterin ist weggegangen?«

»Eine Woche nach unserer Heirat. Ich muss nicht erwähnen, dass ich nicht eifersüchtig bin, das wäre lächerlich.«

Maigret erinnerte sich nicht daran, einen Menschen jemals so intensiv wie diese Frau betrachtet zu haben. Sie spürte das und war dadurch nicht eingeschüchtert, im Gegenteil, sie schien die Art von Interesse zu verstehen, die er ihr entgegenbrachte.

Sie wollte nichts verschweigen, keinen einzigen Charakterzug ihres bedeutenden Mannes im Dunkeln lassen.

»Er hat weiter mit Krankenschwestern geschlafen, der Reihe nach mit seinen Assistentinnen, letztlich mit allen Frauen, die ihm über den Weg liefen und die nicht dazu angetan waren, sein Leben zu verkomplizieren. Vielleicht ist das der entscheidende Punkt. Um nichts in der Welt hätte er sich auf ein Abenteuer eingelassen, bei dem er Zeit verloren hätte, die er für seine Arbeit als notwendig erachtete.«

»Und Lulu?«

»Sie wissen bereits, dass sie Lulu genannt wird? Ich komme gleich dazu. Sie werden sehen, dass das ebenso einfach ist wie alles andere. Erlauben Sie mir, dass ich mir ein Glas Wasser hole?«

Lucas wollte aufstehen, doch sie war schon an der Küchentür, und man hörte, wie das Wasser lief. Als sie sich wieder setzte, waren ihre Lippen feucht, und ein Wassertropfen hing an ihrem Kinn.

Sie war nicht eigentlich hübsch, auch nicht schön, trotz ihrer regelmäßigen Züge. Aber es machte Freude, sie anzusehen. Sie hatte etwas Beruhigendes an sich. Als Kranker hätte sich Maigret gern von ihr pflegen lassen. Und sie war der Typ Frau, mit der man irgendwo das Mittag- oder Abendessen einnimmt, ohne sich darum zu sorgen, wie man das Gespräch in Gang hält. Also eine gute Freundin, die alles verstand, sich über nichts wunderte, sich nicht schockieren ließ und sich über nichts empörte.

»Sie wissen vermutlich, wie alt er ist?«

»Zweiundsechzig.«

»Ja, und bedenken Sie, dass er nichts von seiner Kraft verloren hat. Und zwar in jeglicher Hinsicht … Dennoch glaube ich, dass alle Männer ab einem bestimmten Alter der Gedanke schreckt, ihre Männlichkeit könne schwinden.«

Während sie sprach, fiel ihr ein, dass auch Maigret die fünfzig überschritten hatte, und sie stammelte:

»Verzeihen Sie …«

»Das macht nichts.«

Zum ersten Mal lächelten sie gemeinsam.

»Vermutlich geht es anderen Männern auch so, ich kenne mich da nicht aus. Auf jeden Fall war Etienne hemmungsloser als je zuvor. Ich schockiere Sie noch immer nicht?«

»Noch immer nicht.«

»Vor zwei Jahren etwa gab es da eine kleine Patientin, Louise Filon, der er wie durch ein Wunder das Leben gerettet hat. Ich denke, Sie kennen ihr Vorleben schon? Sie kam von ganz unten, und das war es wahrscheinlich, was meinen Mann interessiert hat.«

Maigret nickte, denn alles, was sie sagte, klang plausibel und so einfach wie ein Polizeibericht.

»Es muss im Krankenhaus angefangen haben, als sie sich erholte. Anschließend hat er sie in einer Wohnung in der Rue La Fayette untergebracht, nachdem er beiläufig mit mir darüber gesprochen hatte. Details hat er keine genannt. Er war schon immer schamhaft in diesen Dingen und ist es noch. Eines Tages, beim Essen, brachte er mir plötzlich

71

bei, was er getan hatte beziehungsweise was er zu tun vorhatte. Ich stellte ihm keine Fragen, und danach sprachen wir nicht mehr davon.«

»Haben Sie vorgeschlagen, dass sie hier im Haus wohnen soll?«

Es schien sie zu freuen, dass Maigret darauf gekommen war.

»Zu Ihrem Verständnis muss ich ein paar weitere Details erwähnen. Entschuldigen Sie, wenn ich so ausführlich bin. Aber alles hängt miteinander zusammen. Früher ist Etienne selbst Auto gefahren. Vor ein paar Jahren, genauer vor vier Jahren, hatte er einen kleinen Unfall an der Place de la Concorde. Er hat eine Frau angefahren. Zum Glück hatte sie nur ein paar Prellungen. Trotzdem nahm ihn das mit.

Ein paar Monate lang hatten wir einen Chauffeur, aber daran konnte er sich nie gewöhnen. Es erschütterte ihn, dass ein Mann in seinen besten Jahren nichts Besseres zu tun hatte, als stundenlang am Bordstein zu warten. Ich hab vorgeschlagen, ihn zu fahren, aber das erwies sich auch nicht als praktisch, und so hat er sich angewöhnt, ein Taxi zu nehmen. Das Auto blieb monatelang in der Garage, und schließlich haben wir es wieder verkauft. Morgens holt ihn immer dasselbe Taxi ab und macht einen Teil seiner täglichen Tour mit ihm. Es ist ein gutes Stück Weg von hier bis zum Faubourg Saint-Jacques. Außerdem hat er Patienten

in Neuilly und nicht selten in anderen Kranken-
häusern der Stadt. Und wenn er dann noch in die
Rue La Fayette müsste …«

Maigret nickte wieder, während Lucas einzudö-
sen schien.

»Zufällig wurde im Haus eine Wohnung frei.«

»Einen Moment … Ihr Mann verbrachte die
Nacht oft in der Rue La Fayette?«

»Nur einen Teil der Nacht. Er legte Wert darauf,
morgens hier zu sein, ehe seine Assistentin kam,
die auch seine Sekretärin ist.«

Sie lachte kurz auf.

»Gewissermaßen waren das häusliche Komplikationen, die dazu führten. Schließlich habe ich ihn
gefragt, warum er das Mädchen nicht hier unter-
bringt.«

»Sie wussten, wer sie war?«

»Ich weiß alles über sie, auch dass sie einen Liebhaber namens Pierrot hat.«

»Wusste er das auch?«

»Ja. Er war nicht eifersüchtig. Er hätte es wahrscheinlich nicht gern gesehen, ihn mit Lulu anzutreffen, aber solange es nicht unter seinen Augen
geschah …«

»Fahren Sie fort. Er hat sich also darauf eingelassen. Und sie?«

»Es scheint so, als hätte sie sich eine Zeit lang wi-
dersetzt.«

»Welche Gefühle hatte Louise Filon Ihrer Meinung nach dem Professor gegenüber?«

Maigret begann unwillkürlich im gleichen Tonfall wie Madame Gouin über diesen Mann zu reden, den er niemals gesehen hatte und der doch nahezu anwesend zu sein schien.

»Wollen Sie, dass ich ganz offen bin?«

»Bitte.«

»Zuerst stand sie wie alle Frauen, die ihm näherkamen, ganz unter seinem Einfluss. Seltsam, werden Sie denken, dass sie darauf auch noch stolz ist, aber ich kenne wenige Frauen, die ihm widerstanden haben, und das, obwohl er eigentlich nicht schön und auch nicht mehr der Jüngste ist. Die Frauen spüren instinktiv seine Kraft und …«

Diesmal fand sie nicht die Worte, nach denen sie suchte.

»Kurz gesagt, so ist es eben, und ich glaube nicht, dass die Personen, die Sie befragen werden, mir widersprechen werden. Es war bei diesem Mädchen wie mit den anderen. Noch dazu hat er ihr das Leben gerettet und sie auf eine Weise behandelt, wie sie es nicht gewohnt war.«

Alles klang immer noch klar und logisch.

»Ich bin, um aufrichtig zu bleiben, davon überzeugt, dass Geld eine Rolle gespielt hat. Nicht das Geld als solches, doch zumindest die Aussicht auf eine gewisse Sicherheit, auf ein sorgenfreies Leben.«

»Sie hat nie davon gesprochen, ihn wegen ihres Liebhabers zu verlassen?«

»Nicht dass ich wüsste.«

»Haben Sie diesen Mann schon mal gesehen?«

»Ich bin ihm einmal im Hauseingang begegnet.«

»Kam er oft?«

»Eigentlich nicht. Sie hat ihn nachmittags irgendwo getroffen. Er ist selten zu Besuch gekommen.«

»Hat Ihr Mann das gewusst?«

»Möglich.«

»Hätte ihm das missfallen?«

»Vielleicht, doch nicht aus Eifersucht. Das ist nicht leicht zu erklären.«

»Hing Ihr Mann sehr an dem Mädchen?«

»Sie verdankte ihm alles. Er hat sie gewissermaßen erschaffen, ohne ihn wäre sie ja tot gewesen. Vielleicht hat er an den Tag gedacht, an dem es keine anderen Frauen mehr für ihn gäbe. Schließlich schämte er sich ihr gegenüber, aber das ist nur eine Vermutung, vor gar nichts.«

»Und Ihnen gegenüber?«

Sie blickte kurz auf den Teppich.

»Ich bin trotz allem eine Frau.«

Beinahe hätte er erwidert:

»Während sie ein Nichts war!«

Denn genau das dachte sie und der Professor womöglich auch …

Er schwieg lieber. Eine Weile sagte niemand etwas. Draußen regnete es weiter lautlos. Im Haus gegenüber war Licht hinter einigen Fenstern angegangen, und hinter den cremefarbenen Vorhängen einer Wohnung bewegte sich ein Schatten.

»Erzählen Sie mir von gestern Abend«, setzte Maigret wieder ein und fügte, auf seine frisch gestopfte Pfeife deutend, hinzu:

»Sie erlauben?«

»Bitte.«

Bis zu diesem Moment hatte ihn Madame Gouin so interessiert, dass er nicht ans Rauchen gedacht hatte.

»Was möchten Sie wissen?«

»Zuerst eine Kleinigkeit. Schlief Ihr Mann für gewöhnlich bei ihr?«

»Äußerst selten. Wir haben oben die ganze Etage. Links ist der Wohnbereich, wie wir sagen, rechts hat mein Mann sein Zimmer und sein Bad, seine Bibliothek und ein weiteres Zimmer, wo sich auf dem Boden überall Wissenschaftsmagazine stapeln, und schließlich sein Büro und das seiner Sekretärin.«

»Sie haben also getrennte Schlafzimmer.«

»So haben wir es immer gehalten. Unsere Zimmer sind nur durch ein Boudoir getrennt.«

»Darf ich Ihnen eine indiskrete Frage stellen?«

»Ganz wie Sie mögen.«

»Schlafen Sie noch mit Ihrem Mann?«

Sie blickte erneut zu dem armen Lucas, der sich überflüssig fühlte und nicht wusste, wie er sich verhalten sollte.

»Selten.«

»Also gar nicht mehr?«

»Ja.«

»Seit Langem?«

»Seit Jahren.«

»Und Ihnen fehlt das nicht?«

Sie erschrak nicht, lächelte und schüttelte den Kopf.

»Sie verlangen ein Bekenntnis von mir, und ich bin bereit, Ihnen so offen wie möglich zu antworten. Ja, mir fehlt das ein wenig.«

»Ihm gegenüber lassen Sie sich nichts anmerken?«

»Sicher nicht.«

»Sie haben keinen Liebhaber?«

»Auf die Idee bin ich bisher nicht gekommen.«

Sie hielt inne, sah ihn fest an.

»Glauben Sie mir?«

»Ja.«

»Danke. Die Menschen akzeptieren die Wahrheit nicht immer. Wenn man einen Mann wie Gouin an seiner Seite hat, ist man zu gewissen Opfern bereit.«

»Er ging zu ihr hinunter und kam dann wieder hoch?«

»Ja.«

»Gestern Abend auch?«

»Nein. Er hat das nicht jeden Tag gemacht. Es gab Wochen, da hat er sie nur für paar Minuten gesehen. Das hing von seiner Arbeit ab. Und sicher auch davon, welche Gelegenheiten sich ihm anderswo boten.«

»Er hatte also weiter Beziehungen mit anderen Frauen?«

»Die Art Beziehungen, die ich Ihnen beschrieben habe.«

»Und gestern?«

»War er nach dem Abendessen ein paar Minuten bei ihr. Ich weiß das, weil er nicht den Aufzug nahm, was ein Zeichen ist.«

»Wie können Sie sicher sein, dass er nur ein paar Minuten bei ihr war?«

»Weil ich hörte, wie er die Wohnung verließ und den Aufzug holte.«

»Haben Sie ihm nachspioniert?«

»Sie sind schrecklich, Monsieur Maigret. Ja, ich habe ihm nachspioniert, wie immer, nicht aus Eifersucht, sondern ... Wie kann ich Ihnen das erklären, ohne anmaßend zu klingen? Weil ich es als meine Pflicht ansehe, ihn zu beschützen, alles zu wissen, was er tut, und in Gedanken bei ihm zu sein.«

»Um wie viel Uhr war das?«

»Gegen acht. Wir haben rasch zu Abend gegessen,

denn er musste ins Cochin. Er war in Sorge wegen der Folgen einer Operation, die er am Nachmittag durchgeführt hatte, und wollte in der Nähe des Patienten sein.«

»Er hat also ein paar Minuten in Lulus Wohnung verbracht und dann den Aufzug genommen?«

»Ja. Seine Assistentin Mademoiselle Decaux hat unten auf ihn gewartet, wie sie das immer macht, wenn er abends noch mal ins Krankenhaus fährt. Sie wohnt ganz in der Nähe, in der Rue des Acacias, und sie fahren immer zusammen.«

»Sie auch?«, fragte er in unmissverständlichem Ton.

»Ja, wenn es sich ergab. Das erscheint Ihnen ungeheuerlich, oder?«

»Nein.«

»Wo war ich stehen geblieben? Meine Schwester kam um halb neun.«

»Sie wohnt in Paris?«

»Am Boulevard Saint-Michel, gegenüber der École des Mines. Antoinette ist fünf Jahre älter als ich und nicht verheiratet. Sie arbeitet in einer öffentlichen Bibliothek, ist der Typ alte Jungfer.«

»Weiß sie, was für ein Leben Ihr Mann führt?«

»Alles weiß sie nicht, aber für das, was sie herausgefunden hat, hasst und verachtet sie ihn von ganzem Herzen.«

»Sie verstehen sich nicht?«

»Sie redet kein Wort mit ihm. Meine Schwester ist streng katholisch, und für sie ist Gouin der Teufel in Person.«

»Wie behandelt er sie?«

»Er ignoriert sie. Sie kommt selten und nur wenn ich allein zu Hause bin.«

»Sie geht ihm aus dem Weg?«

»Wenn eben möglich.«

»Gestern jedoch …«

»Ich sehe, die Concierge hat Ihnen alles gesagt. Es stimmt, gestern Abend sind sie sich begegnet. Ich habe meinen Mann nicht vor Mitternacht erwartet. Wir haben geplaudert.«

»Worüber?«

»Über alles Mögliche.«

»Haben Sie über Lulu gesprochen?«

»Ich glaube nicht.«

»Sie sind sich nicht sicher?«

»Doch, schon. Ich weiß nicht, warum ich nicht eindeutig geantwortet habe. Es ging um unsere Eltern.«

»Sie sind tot?«

»Meine Mutter ist tot, aber mein Vater lebt noch, im Finistère. Wir haben auch noch Schwestern dort. Wir waren sechs Mädchen und zwei Jungen.«

»Von denen welche in Paris leben?«

»Nur Antoinette und ich. Um halb zwölf, vielleicht etwas früher, hörten wir zu unserer Überraschung, wie die Tür aufging und Etienne hereinkam. Er nickte uns nur zu. Antoinette hat sich von mir verabschiedet und ist gegangen.«

»Ihr Mann ging nicht hinunter?«

»Nein, er war müde, beunruhigt wegen seines Patienten, dessen Zustand nicht so war, wie er es sich gewünscht hätte.«

»Ich vermute, er hat einen Schlüssel zu Lulus Wohnung.«

»Selbstverständlich.«

»Im Lauf des Abends ist nichts Ungewöhnliches vorgefallen? Sie und Ihre Schwester haben keine Geräusche gehört?«

»In diesen alten Häusern ist aus den anderen Wohnungen nichts zu hören und schon gar nicht aus einem anderen Stockwerk.«

Sie sah auf ihre Armbanduhr und wurde nervös.

»Entschuldigen Sie bitte, aber es wird Zeit, dass ich wieder hochgehe. Etienne kann jeden Augenblick nach Hause kommen. Sie haben keine weiteren Fragen?«

»Für den Moment nicht.«

»Glauben Sie, Sie könnten darauf verzichten, ihn zu befragen?«

»Das kann ich Ihnen unmöglich versprechen, aber ich werde Ihren Mann nur behelligen, wenn ich es für unerlässlich halte.«

»Und wie schätzen Sie das zur Zeit ein?«

»Im Augenblick halte ich es nicht für unerlässlich.«

Sie stand auf, schüttelte ihm die Hand wie ein Mann und behielt ihn dabei im Auge.

»Ich danke Ihnen, Monsieur Maigret.«

Als sie sich umdrehte, fiel ihr Blick auf die Schachtel und die Fotografien, aber der Kommissar konnte nicht sehen, wie sie darauf reagierte.

»Ich bin den ganzen Tag zu Hause. Sie können vorbeikommen, wenn mein Mann nicht da ist. Wenn ich das sage, nehmen Sie das als Bitte, nicht als Anweisung.«

»Genauso habe ich es verstanden.«

Sie wiederholte:

»Danke.«

Und sie ging hinaus, die beiden Türen hinter sich schließend, während der kleine Lucas den Kommissar ansah, als hätte er gerade einen Schlag auf den Kopf bekommen. Er hatte so sehr Angst, etwas Dummes zu sagen, dass er schwieg, und sah forschend in Maigrets Gesicht, als könnte er dort seine Gedanken lesen.

4

Seltsamerweise dachte Maigret, als er im Auto saß, das ihn zum Quai zurückbrachte, weder an Professor Gouin noch an seine Frau, sondern fast unwillkürlich an Louise Filon, deren Jahrmarktfotos er vor seinem Aufbruch in seine Brieftasche hatte gleiten lassen.

Selbst auf diesen Fotos, die abends gemacht worden waren, als sie ausgelassener Stimmung hätte sein müssen, sah sie nicht fröhlich aus. Maigret hatte viele wie sie kennengelernt, die im gleichen Milieu zur Welt gekommen und deren Kindheit, deren Leben ganz ähnlich verlaufen waren. Einige von ihnen waren von einer derben, lärmenden Fröhlichkeit, die nahtlos in Tränen oder Auflehnung übergehen konnte. Andere, wie Désirée Brault, wurden mit zunehmendem Alter hart und zynisch.

Es war schwierig, den Ausdruck zu beschreiben, den Lulu auf den Bildern hatte und den sie in ihrem ganzen Leben an den Tag gelegt haben musste. Da war keine Traurigkeit, eher das Schmollen eines Mädchens, das auf dem Schulhof im Abseits bleibt und den anderen beim Spielen zusieht.

Es wäre mühsam gewesen zu erklären, was ihre Attraktivität ausmachte, doch er spürte sie, und es war häufig vorgekommen, dass er solche Mädchen ungewollt mit mehr Nachsicht befragte als andere.

Sie waren jung, hatten sich eine gewisse Frische bewahrt. In mancherlei Hinsicht schienen sie fast noch Kinder zu sein, und doch hatten sie schon viel erlebt, hatten ihre Augen, die nicht mehr strahlten, zu viel Schreckliches gesehen. Ihre Körper besaßen den ungesunden Reiz des Welkenden, ja des bereits halb Verwelkten.

Er stellte sie sich in ihrem Zimmer in der Rue Riquet vor, in irgendeinem Zimmer im Barbès-Viertel, wo sie Tage im Bett verbrachte, las, schlief oder aus den trüben Fenstern sah. Er stellte sie sich vor, wie sie stundenlang in irgendeinem Café des 18. Arrondissements saß, während Pierrot mit drei Kameraden Karten spielte. Er stellte sie sich auch vor, wie sie mit ernstem und zugleich verzücktem Gesicht in einer Bar tanzte. Und schließlich stellte er sie sich vor, wie sie an einer Straßenecke stand, im Dunkeln auf Männer wartete, ohne sich ein Lächeln abzuringen, und dann ihnen voraus die Treppe zu einem Zimmer hochstieg, während sie der Vermieterin ihren Namen zurief.

Mehr als ein Jahr hatte sie in dem imposanten Gebäude in der Avenue Carnot gelebt, in dieser Wohnung, die zu groß für sie war und zu kalt, und sie sich dort vorzustellen fiel ihm schwer. Es gelang ihm nicht, sie vor sich zu sehen an der Seite eines Mannes wie Etienne Gouin.

Die meisten Lichter am Quai des Orfèvres brannten nicht mehr. Er ging langsam die Treppe hinauf, auf der Abdrücke nasser Schuhsohlen zu sehen waren, und stieß die Tür zu seinem Büro auf. Janvier erwartete ihn. Zu dieser Zeit des Jahres war der Kontrast am stärksten zwischen der Kälte draußen und der Wärme in den Häusern, die überheizt schienen und einem sofort das Blut in den Kopf steigen ließen.

»Nichts Neues?«

Die Polizeimaschinerie nahm sich Pierre Eyrauds an. In den Bahnhöfen befragten Beamte Reisende, die ihm ähnlich sahen, ebenso in den Flughäfen. Die Sitte musste unterwegs sein, um die Hotels und Pensionen im 18. Arrondissement zu durchforsten.

In der Rue Riquet stand sich der junge Lapointe seit dem frühen Nachmittag vor dem Hôtel du Var die Beine in den Bauch, wo jetzt, nach Einbruch der Dunkelheit, die Mädchen herumstreiften.

Der für das Viertel zuständige Inspektor Janin ging privateren Recherchen nach. Ein Dschungel aus Stein war das im Pariser Nordosten, wo ein Mensch für Monate untertauchen kann und man von manchen Verbrechen erst Monate nachdem sie begangen wurden erfährt. Tausende von Menschen, Männer wie Frauen, leben am Rande des Gesetzes, in einer Welt, in der sie so viele Schlupfwinkel und Seilschaften finden, wie sie brauchen, und in der die Polizei ab und zu ihr Netz auswirft, vielleicht einen einfängt, nach dem sie sucht, aber eigentlich darauf zählt, dass sie von einem eifersüchtigen Mädchen oder einem Spitzel angerufen wird.

»Gastinne-Renette hat vor einer Stunde angerufen.«

Das war der Waffenexperte.

»Was hat er gesagt?«

»Morgen früh haben Sie seinen schriftlichen Bericht. Die Kugel, mit der Louise Filon getötet wurde, stammt aus einer Automatik, Kaliber 6.35.«

Bei der Kriminalpolizei sprach man von einer Amateurwaffe. Schwere Jungs, die wirklich die Absicht hatten zu töten, benutzten ganz andere Waffen.

»Doktor Paul hat auch angerufen. Er möchte, dass Sie sich bei ihm melden.«

Janvier sah auf die Uhr. Es war zwanzig nach sieben.

»Er muss jetzt im La Pérouse sein, wo er einem Abendessen vorsitzt.«

Maigret rief im Restaurant an. Ein paar Augenblicke später hatte er den Gerichtsmediziner am Apparat.

»Ich habe die Autopsie des Mädchens vorgenommen, das Sie mir rübergeschickt haben. Vielleicht täusche ich mich, aber ich glaube, dass ich sie schon mal gesehen habe.«

»Sie wurde mehrfach festgenommen.«

Sicher hatte der Arzt Lulu nicht an ihrem Gesicht, das durch den Schuss entstellt war, wiedererkannt, sondern an ihrem Körper.

»Der Schuss ist auf jeden Fall aus allernächster Nähe abgegeben worden. Dafür muss man kein Experte sein. Ich schätze die Entfernung auf fünfundzwanzig oder dreißig Zentimeter, nicht mehr.«

»Sie war vermutlich sofort tot?«

»Schneller geht nicht. Im Magen befand sich noch unverdaute Nahrung, darunter Langusten.«

Maigret erinnerte sich daran, im Mülleimer in der Küche eine leere Langustendose gesehen zu haben.

»Sie hat Weißwein zum Essen getrunken, falls Sie das interessiert.«

Das wusste Maigret noch nicht. Zum jetzigen Zeitpunkt der Ermittlungen ließ sich unmöglich sagen, was von Bedeutung sein könnte.

»Ich habe noch etwas entdeckt, was Sie vielleicht überraschen wird. Wissen Sie, dass das Mädchen schwanger war?«

Das überraschte Maigret tatsächlich, so sehr, dass es ihm einen Moment lang die Sprache verschlug.

»Im wievielten Monat?«, fragte er schließlich.

»In der sechsten Woche etwa. Wahrscheinlich wusste sie nichts davon. Und wenn, dann noch nicht lange.«

»Sie sind sich sicher?«

»Absolut. Alle medizinischen Details finden Sie in meinem Bericht.«

Maigret legte auf und sagte zu Janvier, der vor dem Schreibtisch stand:

»Sie war schwanger.«

Janvier, der den Fall nur in groben Zügen kannte, zeigte sich jedoch nicht überrascht.

»Was machen wir mit Lapointe?«

»Stimmt. Wir müssen jemanden losschicken, der seinen Posten übernimmt.«

»Lober ist frei.«

»Wir müssen auch Lucas ablösen. Mir ist es lieber, selbst wenn es wahrscheinlich zu nichts führt, dass jemand in der Wohnung bleibt.«

»Wenn ich zuerst etwas essen kann, gehe ich selbst. Darf man da schlafen?«

»Ich wüsste nicht, was dagegenspricht.«

Maigret warf einen Blick auf die neusten Zeitungen. Noch war Pierrots Foto nicht abgedruckt. Es war wohl zu spät in den Redaktionen eingetroffen, doch sie beschrieben ihn ausführlich:

Die Polizei sucht nach dem Geliebten von Louise Filon, dem Tanzmusiker Pierre Eyraud, genannt

Pierrot, der sie am gestrigen Abend als Letzter besucht hat.

Pierre Eyraud, mehrfach vorbestraft, ist untergetaucht. Es wird vermutet, dass er sich im Chapelle-Viertel versteckt, das er gut kennt.

Maigret zuckte mit den Schultern, stand auf, zögerte kurz und wandte sich dann zur Tür.

»Soll ich Sie anrufen, wenn es etwas Neues gibt?«

Er bejahte. Es gab keinen Grund, im Büro zu bleiben. Er ließ sich in einem der Wagen nach Hause fahren, und wie üblich öffnete Madame Maigret die Wohnungstür, noch ehe er den Knauf gedreht hatte. Sie ließ sich nicht anmerken, dass er sich verspätet hatte. Das Abendessen stand auf dem Tisch.

»Du hast dich doch nicht erkältet?«

»Ich glaube nicht.«

»Du solltest deine Schuhe ausziehen.«

»Ich habe keine nassen Füße.«

Das stimmte. Er war den ganzen Tag nicht zu Fuß unterwegs gewesen. Auf einem Möbel lag die gleiche Abendzeitung, die er gerade im Büro durchgeblättert hatte. Seine Frau war also auf dem Laufenden, fragte ihn aber nichts.

Sie wusste, dass er noch einmal aus dem Haus wollte, denn er hatte seine Krawatte nicht abgestreift, wie er es sonst fast immer tat. Nach dem Essen sah sie ihrem Mann zu, wie er das Büfett öffnete, um sich einen Pflaumenschnaps einzuschenken.

»Du gehst noch mal fort?«

Eben noch war er sich dessen nicht sicher gewesen. Eigentlich hatte er auf einen Anruf von Professor Gouin gewartet, ohne dass er dafür einen genauen Grund hätte nennen können. Musste Gouin nicht davon ausgehen, dass die Polizei ihn befragen würde? War er nicht überrascht, dass man sich nicht um ihn kümmerte, obgleich doch so viele Leute über seine Beziehung zu Lulu Bescheid wussten?

Er rief in Louise Filons Wohnung an. Janvier hatte sich dort gerade eingerichtet.

»Nichts Neues?«

»Nichts, Chef. Ich hab meine Frau vorgewarnt und hab es ganz ruhig. Ich werde die Nacht auf dem phantastischen Sofa verbringen.«

»Weißt du, ob der Professor nach Hause gekommen ist?«

»Lucas hat mir gesagt, dass er um halb acht hochgegangen ist, und ich hab ihn nicht weggehen hören.«

»Gute Nacht.«

Hatte Gouin geahnt, dass seine Frau mit Maigret reden würde? War sie in der Lage gewesen, sich nichts anmerken zu lassen? Worüber hatten die beiden beim Abendessen gesprochen? Wahrscheinlich zog sich der Professor danach für gewöhnlich in sein Büro zurück …

Maigret nahm ein zweites Glas, das er am Büfett stehend austrank, ging Richtung Garderobe und griff nach seinem dicken Mantel.

»Bind einen Schal um. Bleibst du lange weg?«

»Ein, zwei Stunden.«

Er musste bis zum Boulevard Voltaire gehen, bis er ein Taxi fand, und gab die Adresse des Grelot an. Es war wenig los in den Straßen, außer bei der Gare de l'Est und der Gare du Nord, die Maigret immer an seine ersten Jahre bei der Polizei erinnerte.

Am Boulevard de la Chapelle waren unter der Hochbahn die üblichen Gesichter zu sehen, dieselben wie jede Nacht, und während man wusste, was die Frauen dort machten, worauf sie warteten, war es nicht so einfach zu sagen, weshalb die Männer da waren, die in der Dunkelheit und Kälte nichts machten. Nicht alle suchten eine Begleiterin für den Moment, und auch nicht alle hatten eine Verabredung. Alle Typen und Altersgruppen waren vertreten. Wie die Ratten kamen sie abends aus ihren Löchern und wagten sich bis an die Grenze ihres Reviers.

Das Neonschild des Grelot warf violettes Licht auf den Gehweg, und schon im Taxi hörte Maigret gedämpfte Musik, eher einen Rhythmus, der von dumpfem Trampeln begleitet wurde. Zwei uniformierte Beamte standen unter einer Gaslaterne beisammen und hielten Wache. An der Tür sah er einen Zwerg, der Luft zu schnappen schien, aber eilig nach drinnen ging, als Maigret aus dem Wagen stieg.

So war es immer an diesen Orten. Der Kommissar war noch nicht eingetreten, als ihn zwei Männer anrempelten, hinausstürzten und in den dunklen Ecken des Viertels verschwanden.

Andere wandten, als er die Bar betrat, den Kopf ab, hofften, nicht erkannt zu werden, und machten sich davon, sobald er ihnen den Rücken zudrehte.

Der kleine, stämmige Wirt kam auf ihn zu.

»Wenn Sie Pierrot suchen, Herr Kommissar …«

Er sprach absichtlich laut und betonte das Wort »Kommissar« so, dass alle im Raum gewarnt waren. Auch hier war das Licht violett, und man konnte die Gäste an ihren Tischen und in den Nischen kaum erkennen. Es war nämlich nur die Tanzfläche beleuchtet, und die Gesichter, auf die lediglich die Reflexe der Scheinwerfer fielen, sahen gespenstisch aus.

Die Musik spielte weiter, die Paare hörten nicht auf zu tanzen, aber die Gespräche verstummten, und alle Blicke richteten sich auf die kräftige Gestalt Maigrets, der einen freien Tisch suchte.

»Wollen Sie sich setzen?«

»Ja.«

»Hier, Herr Kommissar.«

Als der Wirt das sagte, sah er aus wie ein Schausteller, der vor der bemalten Bude auf und ab ging.

»Was trinken Sie? Ich lade Sie ein.«

Maigret war bei seinem Eintritt auf all das gefasst gewesen, er war es gewohnt.

»Einen Marc.«

»Einen alten Marc für den Kommissar Maigret!«

Die vier Musiker auf ihrem Balkon trugen schwarze Hosen und dunkelrote Seidenhemden mit langen, bauschigen Ärmeln. Es war gelungen, Pierrot zu ersetzen, denn jemand spielte abwechselnd Saxophon und Akkordeon.

»Wollen Sie mit mir sprechen?«

Maigret schüttelte den Kopf und deutete auf den Balkon.

»Mit den Musikern?«

»Mit dem, der Pierrot am besten kennt.«

»Das ist dann Louis, der Akkordeonspieler. Er leitet die Truppe. In einer Viertelstunde gibt es eine Pause, dann kann er kurz zu Ihnen kommen. Ich vermute, Sie haben es nicht eilig?«

Fünf oder sechs Gäste, darunter einer der Tänzer, hatten das Bedürfnis, frische Luft zu schnappen. Maigret kümmerte sich nicht um sie, sah sich in aller Ruhe um und den Leuten zu, die wieder anfingen sich zu unterhalten.

Ein paar Mädchen waren zu sehen, doch keines,

das hier war, um einen Kunden zu finden. Sie waren zum Tanzen gekommen, die meisten mit ihrem Liebsten, und sie gingen ganz im Tanz auf, der für sie wie ein heiliger Ritus war. Manche schlossen wie in Ekstase die Augen, andere tanzten Wange an Wange, ohne dass ihre Körper sich einander zu nähern versuchten.

Es waren auch Stenotypistinnen im Raum, Verkäuferinnen, die nur wegen der Musik und des Tanzens hier waren. Neugierige gab es keine, keine feiernden Paare, die sich gern in solchen Tanzlokalen rumtreiben, um einmal der Unterwelt nah zu sein.

In ganz Paris gab es nur noch zwei, drei Bars dieser Art, und sie wurden fast ausschließlich von Stammgästen aufgesucht, die mehr Limonade als Alkohol tranken.

Die vier Musiker blickten in aller Seelenruhe auf Maigret herab, ohne dass zu erkennen gewesen wäre, was sie dachten. Der Akkordeonspieler war ein schöner, braunhaariger Bursche von etwa dreißig Jahren; er ähnelte einem jungen Kinohelden und hatte sich Koteletten wie ein Spanier wachsen lassen.

Einer mit einer großen Tasche in seiner Schürze sammelte das Geld ein.

Einige Paare blieben auf der Tanzfläche. Einen Tanz gab es noch, einen Tango, bei dem die

Scheinwerfer von Violett zu Rot wechselten. Das Make-up der Frauen verblasste, die Hemden der Musiker verloren ihren Glanz. Diese stellten schließlich ihre Instrumente beiseite, der Wirt rief dem Akkordeonspieler, den er Louis genannt hatte, von unten etwas zu.

Der sah noch einmal zu Maigrets Tisch hinüber und entschloss sich, die Leiter hinunterzusteigen.

»Sie können sich setzen«, sagte der Kommissar.

»Wir fangen in zehn Minuten wieder an.«

»Das wird reichen. Was nehmen Sie?«

»Nichts.«

Sie schwiegen. Von den anderen Tischen beobachtete man sie. Immer mehr Männer standen an der Bar. In einigen Nischen saßen nur Frauen, die ihre Schönheit wiederherstellten.

Louis sprach als Erster.

»Sie liegen falsch«, sagte er grollend.

»Was Pierrot angeht?«

»Pierrot hat Lulu nicht umgebracht. Immer ist es dasselbe!«

»Warum ist er dann abgehauen?«

»Er ist nicht so dämlich wie die anderen. Er weiß, dass alles auf ihn zurückfallen wird. Haben Sie vielleicht Lust, verhaftet zu werden?«

»Sind Sie befreundet?«

»Ja, er ist mein Freund. Ich kenn ihn wahrscheinlich besser als jeder andere.«

»Wissen Sie dann vielleicht auch, wo er ist?«

»Wenn, dann würde ich es Ihnen nicht sagen.«

»Sie wissen es?«

»Nein. Ich hab von ihm seit letzter Nacht nichts gehört. Haben Sie die Zeitungen gelesen?«

Louis' Stimme zitterte vor unterdrücktem Zorn.

»Die Leute glauben, dass man ein gewalttätiger Typ ist, nur weil man in einem Tanzlokal spielt. Denken Sie auch so?«

»Nein.«

»Sehen Sie den großen Blonden am Schlagzeug? Der hat, ob Sie's glauben oder nicht, Abitur und ist sogar ein Jahr an die Universität gegangen. Er stammt aus einem bürgerlichen Haus. Er ist hier, weil er das liebt. Nächste Woche heiratet er ein Mädchen, das Medizin studiert. Ich bin auch verheiratet, falls Sie das interessiert, habe zwei Kinder, meine Frau erwartet ein drittes, und wir wohnen in einer Vier-Zimmer-Wohnung am Boulevard Voltaire.«

Maigret wusste, dass das stimmte. Louis vergaß, dass der Kommissar dieses Milieu fast so gut kannte wie er selbst.

»Warum ist Pierrot nicht verheiratet?«, fragte er ihn trotzdem mit gedämpfter Stimme.

»Das ist eine andere Geschichte.«

»Wollte Lulu nicht?«

»Das hab ich nicht gesagt.«

»Vor ein paar Jahren wurde Pierrot wegen Zuhälterei verhaftet.«

»Ich weiß.«

»Und?«

»Ich sag's noch mal: Das ist eine andere Geschichte.«

»Was für eine?«

»Sie würden es doch nicht verstehen. Ursprünglich kam er aus der Fürsorge. Das sagt Ihnen etwas, oder?«

»Doch.«

»Als er sechzehn war, hat man ihn auf die Straße gesetzt, und er hat gemacht, was er wollte. Vielleicht hätte ich es an seiner Stelle schlimmer getrieben. Ich hatte aber Eltern und habe sie immer noch.«

Er war stolz darauf, wie alle anderen zu sein, aber gleichzeitig hatte er das Bedürfnis, diejenigen zu verteidigen, die aus ganz anderen Verhältnissen kamen, und Maigret konnte nicht anders, als ihm mit Zuneigung zuzulächeln.

»Warum lächeln Sie?«

»Weil ich das alles kenne.«

»Wenn Sie Pierrot kennen würden, dann würden Sie nicht alle Ihre Spitzel auf ihn hetzen.«

»Woher wissen Sie, dass die Polizei hinter ihm her ist?«

»Die Zeitungen erfinden nicht, was sie drucken. Und im Viertel herrscht schon Unruhe. Wenn man sich bestimmte Gesichter ansieht, weiß man, was los ist.«

Louis mochte die Polizei nicht, und er verbarg es nicht.

»Es gab Zeiten, da markierte Pierrot den starken Mann«, fuhr er fort.

»Aber er war keiner?«

»Sie glauben mir nicht, wenn ich Ihnen sage, dass er ein schüchterner, gefühlvoller Mensch ist? Und dennoch ist es die Wahrheit.«

»Er hat Lulu geliebt?«

»Ja.«

»Kannte er sie schon, als sie auf den Strich ging?«

»Ja.«

»Und er ließ sie weitermachen?«

»Was hätte er anderes tun können? Ich hab's ja gesagt, Sie verstehen das nicht.«

»Schließlich hat er ihr erlaubt, sich einen richtigen Liebhaber zu nehmen und sich aushalten zu lassen, ja?«

»Das ist was anderes.«

»Warum?«

»Was konnte er ihr denn schon bieten? Glauben Sie, dass er mit dem, was er hier verdient, ihren Lebensunterhalt bestreiten konnte?«

»Sie kommen doch auch für Ihre Familie auf, oder?«

»Irrtum! Meine Frau ist Näherin, arbeitet zehn

Stunden am Tag und kümmert sich um die Kinder. Sie verstehen nicht, dass man, wenn man hier im Viertel geboren ist und nie etwas anderes gesehen hat …«

Er hielt inne.

»Noch vier Minuten.«

Die anderen da oben starrten sie mit ausdruckslosen Gesichtern an.

»Ich weiß nur, dass er sie nicht getötet hat. Und wenn er sie ihrem Doktorchen schon nicht aus den Klauen gerissen hat …«

»Sie wissen, wer Lulus Liebhaber war?«

»Und wenn?«

»Hat Pierrot es Ihnen gesagt?«

»Alle wissen, dass das im Krankenhaus begonnen hat. Ich werde Ihnen mal erklären, was Pierrot gedacht hat. Sie hatte die Chance, ein für alle Mal da rauszukommen, ein geregeltes Leben zu führen und keine Angst vor dem nächsten Tag haben zu müssen. Deshalb hat er nichts gesagt.«

»Und Lulu?«

»Vielleicht hatte sie ihre Gründe.«

»Welche?«

»Das interessiert mich nicht.«

»Was für ein Mädchen war sie?«

Louis ließ seinen Blick über die Frauen um sich herum schweifen, als wollte er sagen, dass sie wie die anderen war.

»Sie hatte ein hartes Leben«, merkte er an, als wäre damit alles erklärt. »Sie war da nicht glücklich.«

Mit »da« meinte er offensichtlich das Étoile-Viertel, das von hier aus wie eine andere Welt erschien.

»Sie kam ab und zu zum Tanzen her.«

»Wirkte sie traurig?«

Louis zuckte mit den Achseln. Hatte dieses Wort hier überhaupt einen Sinn? Gab es hier wirklich fröhliche Menschen? Selbst die tanzenden kleinen Verkäuferinnen sahen wehmütig aus und verlangten nach traurigen Liedern.

»Wir haben noch eine Minute. Wenn Sie mich noch brauchen, müssen Sie eine halbe Stunde warten.«

»Als Pierrot gestern Abend aus der Avenue Carnot zurückkam, hat er da nichts zu Ihnen gesagt?«

»Er hat sich entschuldigt, von einer wichtigen Nachricht gesprochen, ohne konkret zu werden.«

»War er düsterer Stimmung?«

»Das ist er immer.«

»Wussten Sie, dass Lulu schwanger war?«

Louis starrte ihn an, zuerst fassungslos, dann verdattert und schließlich ernst.

»Sind Sie sicher?«

»Der Gerichtsmediziner, der die Autopsie vorgenommen hat, kann sich nicht getäuscht haben.«

»Seit wann?«

»Sechs Wochen.«

Das erstaunte ihn, vielleicht weil er Kinder hatte und seine Frau ein weiteres erwartete. Er drehte sich zu dem Kellner um, der nicht weit von ihnen entfernt stand und ihr Gespräch zu belauschen versuchte.

»Gib mir was zu trinken, Ernest. Irgendwas.«

Er hatte vergessen, dass die Minute vorbei war. Von der Bar aus sah der Wirt zu ihnen herüber.

»Darauf war ich nicht gefasst.«

»Ich auch nicht«, gab Maigret zu.

»Ich vermute, dass der Professor dafür zu alt ist, oder?«

»Es gibt Männer, die noch mit achtzig Kinder machen.«

»Wenn es stimmt, was Sie sagen, ist es ein Grund mehr, dass er sie nicht getötet hat.«

»Hören Sie mir zu, Louis.«

Der sah ihn mit einem gewissen Misstrauen, aber ohne jede Aggressivität an.

»Es kann sein, dass Sie etwas von Pierrot hören, wie auch immer. Ich verlange nicht, dass Sie ihn ans Messer liefern. Nur, dass Sie ihm sagen, ich würde gern mit ihm reden, wo und wann er will. Haben Sie verstanden?«

»Und Sie lassen ihn dann wieder gehen?«

»Ich sage nicht, dass ich die Ermittlungen einstelle. Aber ich kann versprechen, dass er frei sein wird, wenn wir auseinandergehen.«

»Was wollen Sie ihn fragen?«

»Das weiß ich noch nicht.«

»Glauben Sie immer noch, dass er Lulu getötet hat?«

»Ich glaube nichts.«

»Ich denke nicht, dass er von sich hören lässt.«

»Wenn doch …«

»Ich übermittle ihm Ihre Nachricht. Und jetzt entschuldigen Sie mich bitte …«

Er leerte sein Glas in einem Zug, kletterte auf den Balkon und band sich die Riemen des Akkordeons um Bauch und Schultern. Die anderen fragten ihn nichts. Er beugte sich zu ihnen hinüber, aber nur, um ihnen den Titel des nächsten Liedes zu sagen. Die Männer an der Bar beobachteten aus der Ferne die Mädchen auf ihren Stühlen, um zu überlegen, welches sie zum Tanz auffordern würden.

»Garçon!«

»Das ist erledigt, geht aufs Haus.«

Es lohnte nicht, darüber zu diskutieren. Er stand auf und ging zur Tür.

»Haben Sie was Neues erfahren?«

Die Stimme des Wirts klang ironisch.

»Danke für den Marc.«

Es hatte keinen Sinn, hier in der Gegend nach einem Taxi zu suchen. Maigret lief Richtung Boulevard de la Chapelle, wobei er den Mädchen auswich, die ihn nicht kannten und versuchten, sich an ihn zu hängen. In dreihundert Metern Entfernung leuchteten die Lichter des Carrefour Barbès. Es regnete nicht mehr. Der gleiche Nebel wie am Morgen begann sich über die Stadt zu legen, und ein Lichtkranz umgab die Scheinwerfer der Autos.

Bis zur Rue Riquet waren es wenige Schritte. Er bog schnell um die Ecke und traf auf Inspektor Lober, der ungefähr so alt war wie er, aber nie befördert worden war. Er lehnte an der Wand und rauchte eine Zigarette.

»Nichts?«

»Jede Menge Paare sind rein- und rausgegangen, aber ihn hab ich nicht gesehen.«

Maigret hätte Lober am liebsten ins Bett verfrachtet. Auch Janvier hätte er gern angerufen und nach Hause geschickt. Die Überwachung der Bahnhöfe hätte man einstellen können, denn er war sich sicher, dass Pierrot Paris nicht würde verlassen wollen. Nur war er gezwungen, der Routine zu folgen. Er durfte kein Risiko eingehen.

»Ist dir nicht kalt?«

Lober roch bereits nach Rum. Solange das Bistro an der Ecke geöffnet bliebe, wäre er nicht unglücklich. Und eben deshalb würde er sein ganzes Leben Inspektor bleiben.

»Gute Nacht, mein Lieber. Wenn sich was Neues ergibt, ruf mich zu Hause an.«

Es war elf Uhr. Menschenmengen strömten aus

den Kinos. Die Paare auf den Gehsteigen gingen Arm in Arm, Frauen umfassten die Taille ihrer Begleiter, manche drückten sich eng umschlungen in irgendwelche Ecken, und andere rannten, um ihren Bus zu erwischen.

Die Boulevards waren erleuchtet, aber jede Querstraße behielt ihre Eigenheiten und ihre Schatten, und in jeder erstrahlte da und dort ein blassgelbes Hotelschild.

Er ging auf die Lichter zu und betrat eine Bar, die den Carrefour Barbès grell ausleuchtete. Gut fünfzig Menschen standen an einem riesigen Zinktresen.

Obwohl er einen Rum hatte bestellen wollen, sagte er, in Erinnerung an das, was er im Grelot getrunken hatte, automatisch:

»Einen Marc.«

Lulu hatte sich hier herumgetrieben, so wie es andere jetzt taten, ihre ganze Aufmerksamkeit auf die Blicke der Männer gerichtet.

Er ging zur Telefonkabine, warf eine Münze in den Apparat und wählte die Nummer des Quai des Orfèvres. Er wusste nicht, wer Dienst hatte, erkannte die Stimme von Lucien, der neu war, ordentliche Kenntnisse besaß und sich schon für ein Examen vorbereitete, in der Hoffnung auf eine Beförderung.

»Hier Maigret, irgendwas Neues?«

»Nein, Herr Kommissar. Abgesehen von zwei Arabern, die in der Rue de la Goutte d'Or mit Messern aufeinander losgegangen sind. Einer ist gestorben, als man ihn auf die Trage gelegt hat. Der andere ist verletzt und hat sich aus dem Staub gemacht.«

Das war nicht mehr als dreihundert Meter von ihm entfernt und vor knapp zwanzig Minuten passiert, wahrscheinlich, als er über den Boulevard de la Chapelle gegangen war. Er hatte nichts davon mitbekommen, nichts gehört. Der Mörder war vielleicht an ihm vorbeigelaufen. Bis zum Morgen würde es weitere Verbrechen hier im Viertel geben, ein oder zwei würden sofort entdeckt, die anderen kämen der Polizei erst viel später zu Gehör.

Auch Pierrot hatte sich irgendwo zwischen Barbès und La Villette verkrochen.

Wusste er, dass Lulu schwanger war? Hatte sie ihn, um ihm das mitzuteilen, im Grelot angerufen und ihn zu sich bestellt?

In der sechsten Woche, hatte Doktor Paul gesagt. Das bedeutete, dass sie seit einigen Tagen etwas geahnt haben musste.

Hatte sie darüber mit Etienne Gouin gesprochen?

Möglich, aber nicht wahrscheinlich. Sie war eher die Art von Mädchen, die zu einem Arzt aus dem Viertel oder einer Hebamme gehen.

Er konnte nur Vermutungen anstellen. Nach Hause zurückgekehrt, war sie dort eine Zeit lang geblieben, ohne eine Entscheidung zu treffen. Madame Gouin zufolge hatte der Professor nach dem Abendessen bei Lulu vorbeigeschaut, aber nur für ein paar Minuten.

Zurück an der Bar bestellte Maigret ein zweites Glas. Er wollte nicht sofort gehen. Es schien ihm, dass es besser wäre, hier über Lulu und Pierrot nachzudenken.

»Sie hat nicht mit Gouin gesprochen«, murmelte er.

Sie hatte es zuerst Pierre Eyraud mitteilen müssen, was auch seinen überstürzten Besuch bei ihr erklärte.

Hätte er sie in diesem Fall getötet?

Zuerst musste man wissen, ob sie sich über ihren Zustand im Klaren war. Wenn sie in einem anderen Stadtteil gewohnt hätte, hätte sie sicher einen Arzt aus der Nachbarschaft aufgesucht. Im Étoile-Viertel, wo sie eine Fremde geblieben war, war das weniger wahrscheinlich.

Gleich morgen musste man bei allen Ärzten und Hebammen in Paris anfragen. Das schien ihm wichtig. Seitdem er mit Doktor Paul telefoniert hatte, war er überzeugt, dass Lulus Schwangerschaft der Schlüssel zu diesem Drama war.

Ob Gouin ruhig schlief? Nutzte er die abendliche Ruhepause, um an einem chirurgischen Werk zu arbeiten?

Es war zu spät, um die Putzfrau Madame Brault aufzusuchen, die ebenfalls nicht weit entfernt, nahe der Place Clichy, wohnte. Warum hatte sie den Professor nicht erwähnt? War es glaubhaft, dass sie jeden Vormittag in der Wohnung verbrachte und nicht wusste, wer Lulus Liebhaber war?

Sie plauderten miteinander. Sie war die Einzige im Haus, die Verständnis für Louise Filons vertrauliche Mitteilungen haben konnte.

Die Concierge hatte anfangs geschwiegen, weil sie dem Professor Dank schuldete und wohl auch, weil sie in ihn verliebt war, mehr oder weniger bewusst.

Es sah so aus, als wären alle Frauen darauf versessen, ihn zu schützen, und besonders merkwürdig war die Wirkung, die dieser Mann von zweiundsechzig Jahren auf sie ausübte.

Er tat nichts, um sie zu verführen. Er benutzte sie wie geistesabwesend zur körperlichen Entspannung, und keine nahm ihm diesen Zynismus übel.

Maigret musste seine Assistentin Lucile Decaux befragen. Und vielleicht auch Madame Gouins Schwester, die Einzige bislang, auf die der Professor keinen Einfluss zu haben schien.

»Was schulde ich Ihnen?«

Er nahm das erste Taxi, das vorbeikam.

»Boulevard Richard Lenoir.«

»Ich weiß, Monsieur Maigret.«

Das erinnerte ihn daran, den Taxifahrer aufspüren zu lassen, der Gouin am Abend zuvor vom Krankenhaus in seine Wohnung gefahren hatte.

Er fühlte sich träge, betäubt von dem Marc, den er getrunken hatte, und er schloss die Augen halb, während die Lichter an beiden Seiten des Wagens vorbeizogen.

Immer wieder dachte er an Lulu, und im Halbdunkel des Taxis zog er seine Brieftasche hervor, um sich die Bilder anzusehen. Auch die Mutter hatte beim Fotografen nicht gelächelt.

5

Am nächsten Morgen hatte er den unangenehmen Geschmack von Marc im Mund, und als man ihm um Viertel nach neun während des Rapports sagte, dass er am Telefon verlangt wurde, hatte er den Eindruck, dass sein Atem noch immer nach Fusel roch, und er vermied es, beim Sprechen seinen Kollegen allzu nah zu kommen.

Wie jeden Morgen waren alle Abteilungsleiter im Büro des Chefs, dessen Fenster zur Seine hinaus gingen, und jeder hielt einen mehr oder weniger dicken Ordner in Händen. Es war immer noch grau, der Fluss hatte eine hässliche Farbe, die Leute hatten es so eilig wie am Vortag, vor allem wenn sie den Pont Saint-Michel überquerten, über den der Wind fegte; die Männer hielten mit den Händen ihre Hüte fest, die Frauen beugten sich hinunter, um ihre Röcke zu umklammern.

»Sie können das Gespräch hier annehmen.«

»Ich fürchte, Chef, das dauert. Ich gehe besser in mein Büro.«

Die anderen, die am Vorabend vermutlich keinen Marc getrunken hatten, sahen nicht besser aus als er, und alle schienen schlechte Laune zu haben. Das musste am Licht liegen.

»Sind Sie's, Chef?«, fragte Janvier, dem Maigret eine gewisse Erregung anmerkte.

»Was ist passiert?«

»Er war gerade da. Soll ich Ihnen alles genau erzählen?«

Janvier übrigens, der in Lulus Wohnung auf dem Sofa geschlafen hatte, sah vermutlich auch nicht besser aus.

»Ich höre.«

»Also, das ist vor ein paar Minuten, höchstens zehn, passiert. Ich war in der Küche, um eine Tasse Kaffee zu trinken. Ich hatte keine Jacke und keine Krawatte an. Ich bin nämlich erst sehr spät eingeschlafen.«

»Am Abend war es ruhig?«

»Ich habe nichts gehört. Ich konnte einfach nicht schlafen.«

»Weiter.«

»Sie werden sehen, alles ist ganz einfach. So einfach, dass ich immer noch darüber staune. Ich hab ein leises Geräusch gehört, einen Schlüssel, der sich im Schloss dreht. Ich hab mich nicht gerührt und mich so hingestellt, dass ich in den Salon sehen konnte. Jemand ging durch die Diele und öffnete die zweite Tür. Es war der Professor, der größer und dünner ist, als ich ihn mir vorgestellt hatte. Er trug einen langen, dunklen Mantel, einen Wollschal um den Hals, einen Hut und hielt die Handschuhe in der Hand.«

»Was hat er getan?«

»Eben, das will ich Ihnen ja sagen. Er hat nichts getan. Er hat langsam zwei, drei Schritte gemacht, wie jemand, der nach Hause kommt. Einen Moment lang hab ich mich gefragt, was er sich so eindringlich ansieht, und dann wurde mir klar, dass es meine Schuhe waren, die ich auf dem Teppich stehen lassen hatte. Als er sich dann umdrehte, hat er mich gesehen und die Stirn in Falten gelegt. Nur ein bisschen. Er zuckte nicht zusammen. Er wirkte weder peinlich berührt noch erschrocken.

Er hat mich wie jemand angesehen, der in Gedanken ganz woanders ist und einen Augenblick braucht, um in die Realität zurückzufinden. Dann hat er mich, ohne die Stimme zu heben, gefragt:

›Sind Sie von der Polizei?‹

Ich war so überrascht von seinem Anblick, von der Art, wie er die Dinge aufnahm, dass ich nur nicken konnte.

Eine Weile rührten wir uns beide nicht, und wie er meine schuhlosen Füße anstarrte, zeigte mir, dass er sich über meine Dreistigkeit ärgerte. Es war nur ein Eindruck. Vielleicht interessierten ihn meine Füße auch gar nicht.

Schließlich sagte ich zu ihm:

›Weshalb sind Sie hergekommen, Herr Professor?‹

›Sie wissen also, wer ich bin?‹, sagte er.

Dieser Mann gibt einem das Gefühl, dass man ein Nichts ist, dass er einem, selbst wenn er einen ansieht, so wenig Bedeutung beimisst wie einem Blumenmuster auf der Tapete.

›Ich hatte keinen besonderen Grund‹, murmelte er. ›Ich wollte nur vorbeischauen.‹

Und er sah sich um, musterte das Sofa, auf dem noch das Kopfkissen und die Decke lagen, die ich benutzt hatte, und witterte den Kaffeegeruch.

Mit immer noch unbeteiligter Stimme fügte er hinzu:

›Es wundert mich, dass Ihr Chef nicht daran interessiert ist, mich zu sprechen. Sie können ihm sagen, junger Mann, dass ich zu seiner Verfügung stehe. Ich fahre jetzt ins Cochin, wo ich bis elf Uhr sein werde. Danach gehe ich ins Krankenhaus Saint-Joseph und anschließend zum Essen nach Hause. Heute Nachmittag habe ich dann eine wichtige Operation im amerikanischen Krankenhaus von Neuilly.‹

Er blickte sich noch einmal um, machte dann kehrt, ging hinaus und schloss beide Türen hinter sich.

Ich hab das Fenster geöffnet, um ihm nachzuschauen. Vor dem Haus stand ein Taxi, und mitten auf dem Gehweg wartete eine junge Frau mit einer schwarzen Aktentasche unterm Arm. Sie hat ihm die Wagentür aufgemacht und ist nach ihm eingestiegen.

Ich vermute, dass sie ihn, wenn sie ihn morgens abholt, von der Loge aus anruft.

Das ist alles, Chef.«

»Danke.«

»Glauben Sie, dass er reich ist?«

»Man sagt, dass er viel Geld verdient. Arme Patienten operiert er umsonst, aber wenn er sich bezahlen lässt, hat er exorbitante Preise. Warum fragst du?«

»Weil ich heute Nacht, als ich nicht schlafen konnte, den Kleiderschrank der jungen Frau durchgegangen bin, und ich habe nicht das gefunden, womit ich rechnete. Da waren zwei Pelzmäntel, aber von minderer Qualität, und einer ist aus Schaffell. Kein Teil, von der Wäsche bis zu den Schuhen, stammt aus einem guten Geschäft. Offensichtlich sind es nicht die Sachen, die sie im Barbès-Viertel trug, aber es handelt sich auch nicht um die Kleider einer Frau, die sich von einem reichen Mann aushalten lässt. Ich habe kein Scheckheft gefunden und nichts, was darauf hindeutet, dass sie ein Bankkonto besitzt. Sie hatte nur ein paar Tausend-Franc-Scheine in ihrer Handtasche, und zwei weitere lagen in der Nachttischschublade.«

»Ich glaube, du kannst zurückkommen. Hast du einen Schlüssel?«

»Ich hab einen in der Handtasche gesehen.«

»Schließ die Tür ab. Spann einen Faden oder irgendwas anderes, damit wir wissen, ob sie jemand geöffnet hat. Ist die Putzfrau da gewesen?«

Er hatte ihr am Vortag nicht gesagt, ob sie zum Saubermachen der Wohnung kommen solle oder nicht. Und niemand hatte daran gedacht, dass sie ihren Lohn nicht erhalten hatte.

Es lohnte sich nicht, zum Chef zurückzugehen, da der Rapport bereits beendet war. Lober in der Rue Riquet musste müde und steif gefroren sein, und vermutlich hatte er sich, als die Bistros aufmachten, mit ein paar Gläsern Rum aufgewärmt.

Maigret rief das Kommissariat in der Rue de la Goutte d'Or an.

»Ist Janin bei euch? … Er ist heute Morgen nicht gekommen? … Hier ist Maigret. Würdet ihr jemanden in die Rue Riquet schicken, wo Lober, einer meiner Inspektoren, ist? Sagt ihm, dass er, wenn es nichts Neues gibt, mir telefonisch Bericht erstatten und sich dann schlafen legen soll.«

Er versuchte sich an all das zu erinnern, was er sich am Vorabend, als er von Barbès zurückkam, für heute früh vorgenommen hatte. Er rief Lucas an.

»Wie geht's?«

»Gut, Chef. Zwei Polizisten auf Fahrrädern aus

dem 20. dachten heute Nacht kurz, sie hätten Pierrot erwischt. Sie haben den Mann mitgenommen. Es war aber nicht Pierrot, sondern ein Junge, der ihm ähnlich sah und zufälligerweise auch Musiker ist, in einer Brasserie an der Place Blanche.«

»Ich möchte, dass du in Béziers anrufst. Versuch herauszufinden, ob ein gewisser Ernest Filon, der vor einigen Jahren im städtischen Krankenhaus lag, noch in der Region lebt.«

»Verstanden.«

»Ich will auch, dass man die Taxifahrer befragt, die sich abends für gewöhnlich beim Cochin aufhalten. Einer von denen muss vorgestern den Professor nach Hause gefahren haben.«

»Sonst nichts?«

»Im Moment nicht.«

Das gehörte zur Routine. Auf seinem Schreibtisch wartete ein ganzer Stapel Papiere, die er zu unterschreiben hatte, dazu der Bericht des Gerichtsmediziners und der von Gastinne-Renette, den er der Staatsanwaltschaft weiterleiten musste.

Er unterbrach seine Arbeit, um die Telefonnummer seines Freundes Pardon zu verlangen, der Arzt war und den er fast regelmäßig einmal im Monat sah.

»Hast du viel zu tun?«

»Vier oder fünf Patienten im Wartezimmer. Weniger als sonst in dieser Jahreszeit.«

»Kennst du Professor Gouin?«

»Er hat mehrere meiner Patienten operiert, und ich habe ihm assistiert.«

»Was hältst du von ihm?«

»Er ist einer der größten Ärzte, die wir jemals hatten. Anders als viele Chirurgen kann er nicht nur mit seinen Händen umgehen, sondern auch mit seinem Kopf, und ihm sind etliche Entdeckungen zu verdanken, die wichtig sind und wichtig bleiben werden.«

»Und als Mensch?«

»Was genau willst du wissen?«

»Was du in dieser Hinsicht von ihm hältst.«

»Schwer zu sagen. Er ist nicht sehr kontaktfreudig, vor allem wenn es um einen kleinen Quartiersarzt geht, wie ich einer bin. Er hält aber offenbar auch zu den anderen Kollegen Distanz.«

»Also ist er unbeliebt?«

»Man fürchtet ihn eher. Er hat eine bestimmte Art, auf Fragen zu antworten. Anscheinend ist er mit gewissen Patienten noch strenger. Man erzählt sich die Geschichte von einer extrem reichen Frau, die ihn anflehte, sie zu operieren, und ihm dafür ein Vermögen bot. Weißt du, was er geantwortet hat?

›Die Operation bringt Ihnen zwei Wochen, vielleicht einen Monat. In der Zeit, die ich darauf verwende, könnte ich einem anderen Kranken das Leben retten.‹

Davon abgesehen, betet ihn das Personal des Cochin an.«

»Vor allem die Frauen?«

»Das hat man dir erzählt? So gesehen ist er wohl ein spezieller Fall. Es passiert manchmal unmittelbar nach einer Operation, wenn du verstehst …«

»Ja, und sonst?«

»Er ist trotzdem ein sehr guter Mann.«

»Ich danke dir, mein Alter.«

Er wusste nicht, warum, aber er hatte Lust, mit Désirée Brault zu reden. Er hätte sie vorladen oder abholen lassen können. So arbeiteten die meisten Chefs, und manche von ihnen verließen ihr Büro den ganzen Tag nicht.

Er ging zu Lucas, der am Telefon war.

»Ich bin für ein, zwei Stunden weg.«

Er nahm einen Wagen und ließ sich in die Rue Nollet fahren, hinter der Place Clichy, wo Lulus Putzfrau wohnte. Das verfallene Gebäude hatte seit mehr als zwanzig Jahren keinen neuen Anstrich bekommen, und die Familien, die hier aufeinanderhockten, bevölkerten die Treppenabsätze, wo Kinder spielten.

Madame Brault wohnte im vierten Stock, zum Hof hinaus. Es gab keinen Aufzug, die Treppen waren steil. Maigret musste zweimal anhalten und bekam mehr oder weniger angenehme Gerüche in die Nase.

»Was gibt's?«, rief eine Stimme, als er klopfte. »Kommen Sie herein, ich kann Ihnen nicht aufmachen.«

Barfuß, im Unterrock stand sie in der Küche, damit beschäftigt, in einer Zinkwanne Wäsche zu waschen. Sie fuhr nicht zusammen, als sie den Kommissar erkannte, begrüßte ihn nicht, sondern beschied sich damit zu warten, bis er zu reden anfing.

»Ich bin zufällig vorbeigekommen …«

»Was Sie nicht sagen.«

Dampf legte sich auf die Fensterscheiben. Aus dem Nachbarzimmer, wo Maigret den Fuß eines Bettes sah, war ein Schnarchen zu hören. Madame Brault schloss die Tür.

»Mein Mann schläft«, sagte sie.

»Er ist betrunken?«

»Wie immer.«

»Warum haben Sie mir gestern nicht gesagt, wer Lulus Liebhaber war?«

»Weil Sie nicht danach gefragt haben. Sie haben mich gefragt – ich erinnere mich ganz genau –, ob ich einen Mann gesehen habe, der sie besucht hat.«

»Und Sie haben ihn nie gesehen?«

»Nein.«

»Aber Sie wissen, dass es der Professor ist?«

Ihrem Gesichtsausdruck zufolge war klar, dass sie viel mehr wusste. Nur, dass sie nichts sagen würde, es sei denn gezwungenermaßen. Nicht weil sie selbst etwas zu verbergen hatte. Wahrscheinlich auch nicht, um jemanden zu schützen. Sie half der Polizei aus Prinzip nicht, was alles in allem ziemlich verständlich war, da die Polizei schon immer hinter ihr her gewesen war. Sie mochte keine Polizisten. Sie waren ihre natürlichen Gegner.

»Hat Madame Lulu von ihm gesprochen?«

»Schon möglich.«

»Was hat sie über ihn gesagt?«

»Sie hat so viel erzählt …«

»Wollte sie ihn verlassen?«

»Das weiß ich nicht, aber sie hat sich in dem Haus nicht wohlgefühlt.«

Ohne dazu aufgefordert worden zu sein, hatte er sich auf einen Sessel gesetzt, dessen Strohfüllung knackte.

»Was hat sie daran gehindert zu gehen?«

»Das hab ich sie nicht gefragt.«

»Liebte sie Pierrot?«

»Das schien mir ganz so.«

»Hat sie von Gouin viel Geld bekommen?«

»Er hat ihr welches gegeben, wenn sie welches wollte.«

»Wollte sie oft?«

»Wenn keins mehr da war. Manchmal fand ich nur kleine Scheine in ihrer Tasche und in der Schublade, wenn ich einkaufen gehen wollte. Das hab ich ihr gesagt, und sie hat geantwortet:

›Ich frag gleich nach.‹«

»Hat sie Pierrot etwas davon gegeben?«

»Das geht mich nichts an. Wenn sie klüger gewesen wäre …«

Sie verstummte.

»Was wäre dann geschehen?«

»Zuerst wäre sie nie in dieses Haus gezogen, wo sie wie eine Gefangene lebte.«

»Er ließ sie nicht aus dem Haus?«

»Meistens war sie es, die sich nicht hinaustraute, aus Angst, dass er Lust bekam, ihr Guten Tag zu sagen. Sie war nicht seine Geliebte, eher eine Art Hausangestellte, mit dem Unterschied, dass von ihr nicht erwartet wurde zu arbeiten, sondern liegen zu bleiben. Hätte sie woanders gewohnt, wäre es an ihm gewesen, sich zu ihr zu bemühen … Aber wozu das alles? Was wollen Sie eigentlich von mir?«

»Eine Auskunft.«

»Heute kommen Sie wegen einer Auskunft und nehmen den Hut ab. Aber wenn ich morgen dummerweise etwas länger vor einem Schaufenster stehen bleibe, stecken Sie mich ins Kittchen. Was für eine Auskunft soll das denn sein?«

Sie hängte die Wäsche auf eine Leine, die quer durch die Küche ging.

»Wussten Sie, dass Lulu schwanger war?«

»Wer hat Ihnen das gesagt?«

Jäh wandte sie sich um.

»Die Autopsie.«

»Dann hat sie sich also nicht geirrt ...«

»Wann hat sie mit Ihnen darüber gesprochen?«

»Drei Tage vielleicht bevor man ihr eine Kugel in den Kopf geschossen hat.«

»Sie war sich nicht sicher?«

»Nein. Sie war noch nicht beim Arzt gewesen. Sie hatte Angst davor.«

»Warum?«

»Vermutlich fürchtete sie, enttäuscht zu werden.«

»Sie wollte ein Kind haben?«

»Ich glaube, dass sie froh war, schwanger zu sein. Es war noch zu früh, um sich richtig zu freuen. Ich hab ihr gesagt, dass die Ärzte jetzt eine Methode hätten, das verlässlich festzustellen, aber erst nach zwei oder drei Wochen.«

»Hat sie dann einen aufgesucht?«

»Sie hat mich gefragt, ob ich welche kenne, und ich hab ihr die Adresse von einem gegeben, nicht weit von hier, in der Rue des Dames.«

»Wissen Sie, ob sie bei ihm war?«

»Wenn, dann hat sie nicht mit mir darüber gesprochen.«

»Wusste Pierrot Bescheid?«

»Mit den Frauen kennen Sie sich nicht aus, oder? Sind Sie schon mal einer Frau begegnet, die über so was mit einem Mann spricht, ohne ganz sicher zu sein?«

»Sie glauben, dass sie auch mit dem Professor nicht darüber geredet hat?«

»Versuchen Sie mal, Ihr schlaues Köpfchen anzustrengen.«

»Was wäre Ihrer Ansicht nach geschehen, wenn man sie nicht umgebracht hätte?«

»Ich bin keine Kaffeesatzleserin.«

»Hätte sie das Kind behalten?«

»Sicher.«

»Wäre sie mit dem Professor zusammengeblieben?«

»Wenn sie nicht mit Pierrot auf und davon wäre …«

»Wer, glauben Sie, war der Vater?«

Diesmal sah sie ihn an, als würde er rein gar nichts begreifen.

»Sie denken doch wohl nicht, dass es der Alte war?«

»Das kommt vor.«

»So was steht in den Zeitungen, ja. Aber weil die Frauen keine Kühe sind, die man im Stall einsperrt und einmal im Jahr dem Stier zuführt, ist es schwierig, das zu beschwören.«

Nebenan bewegte sich ihr Mann auf dem Bett und brummte vor sich hin. Sie machte die Tür auf.

»Einen Moment, Jules! Ich hab Besuch. Ich bring dir gleich deinen Kaffee.«

Und zu Maigret gewandt:

»Haben Sie noch Fragen?«

»Nicht wirklich. Hassen Sie Professor Gouin?«

»Ich hab ihn nie gesehen, das hab ich schon gesagt.«

»Aber Sie hassen ihn trotzdem?«

»Ich hasse alle Leute, die so sind.«

»Nehmen wir mal an, Sie hätten an dem Morgen in Lulus Hand oder auf dem Teppich nicht weit von ihr entfernt einen Revolver entdeckt. Wären Sie nicht versucht gewesen, ihn verschwinden zu lassen, um den Verdacht auf Selbstmord auszuschließen und den Professor in Schwierigkeiten zu bringen?«

»Langweilt Sie das nicht? Glauben Sie, ich bin so dumm und weiß nicht, dass die Polizei, wenn sie die Wahl hat zwischen einem hohen Tier und einem armen Schlucker wie Pierrot, dem armen Schlucker Scherereien machen wird?«

Sie goss Kaffee in eine Schale, zuckerte ihn und rief ihrem Mann zu:

»Ich komme!«

Maigret hakte nicht weiter nach. Er drehte sich nur um, als er auf der Schwelle stand, um sie nach dem Namen des Arztes in der Rue des Dames zu fragen.

Es war ein gewisser Duclos. Er hatte wohl erst vor Kurzem sein Studium beendet, denn sein Behandlungszimmer war fast leer, abgesehen von den unverzichtbaren Apparaturen, die er günstig gekauft hatte. Als Maigret sich zu erkennen gab, schien der Arzt sofort zu wissen, worum es ging.

»Ich habe vermutet, dass bald jemand zu mir kommt.«

»Hat sie ihren Namen angegeben?«

»Ja, ich habe sogar eine Karteikarte ausgefüllt.«

»Seit wann wusste sie, dass sie schwanger war?«

Der Arzt, der mehr wie ein Student wirkte, beugte sich wichtigtuerisch über seinen fast leeren Karteikasten.

»Sie kam am Samstag, auf Empfehlung einer Frau, die ich behandelt habe.«

»Madame Brault, ich weiß.«

»Sie sagte mir, dass sie vielleicht schwanger sei und dass sie Gewissheit brauche.«

»Einen Moment … Wirkte sie beunruhigt?«

»Das kann ich verneinen. Wenn mir ein Mädchen wie sie die Frage stellt, dann rechne ich damit, dass sie mich darum bittet, eine Abtreibung vorzunehmen. Das kommt zwanzigmal in der Woche vor. Ich weiß nicht, ob das in anderen Vierteln auch so ist. Kurzum, ich habe sie untersucht und um die übliche Urinprobe gebeten. Sie wollte wissen, was dann geschehen würde, und ich habe ihr den Kaninchentest erklärt.«

»Wie hat sie reagiert?«

»Sie war besorgt, ob wir das Kaninchen töten

müssten. Ich habe ihr dann gesagt, sie möge am Montagnachmittag wieder herkommen.«

»Ist sie gekommen?«

»Um halb sechs. Ich habe ihr mitgeteilt, dass sie in der Tat schwanger sei, und sie hat sich bei mir bedankt.«

»Sonst hat sie nichts gesagt?«

»Sie hat nachgefragt, und ich habe ihr versichert, dass keinerlei Zweifel bestehe.«

»Wirkte sie glücklich?«

»Ja, ganz sicher.«

Gegen sechs Uhr am Montag verließ Lulu also die Rue des Dames und ging zurück in die Avenue Carnot. Gegen acht Uhr verbrachte der Professor seiner Frau zufolge ein paar Minuten in der Wohnung im vierten Stock und fuhr dann ins Krankenhaus.

Bis zehn Uhr ungefähr war Louise Filon allein in ihrer Wohnung. Sie hatte eine Dose Langusten gegessen und etwas Wein getrunken. Danach hatte sie sich offenbar hingelegt, denn das Bett war benutzt gewesen, nicht aber zerwühlt, wie wenn sie dort mit einem Mann gelegen hätte.

Zu diesem Zeitpunkt war Pierrot schon im Grelot, und sie hätte ihn sofort anrufen können. Nun hatte sie das aber erst gegen halb zehn getan.

Ließ sie ihn während seiner Arbeitszeit bis ins Étoile-Viertel kommen, um ihm die Neuigkeit mitzuteilen? Wenn ja – warum hatte sie so lange gewartet? Pierrot war in ein Taxi gesprungen. Der Concierge zufolge war er etwa zwanzig Minuten in der Wohnung geblieben.

Gouin – das sagten sowohl die Concierge als auch seine Frau – war kurz nach elf aus dem Krankenhaus gekommen, ohne bei seiner Geliebten vorbeizuschauen.

Am folgenden Morgen nahm Madame Brault um acht Uhr ihre Arbeit auf, fand Lulu tot auf dem Sofa im Wohnzimmer und behauptete, dass neben der Leiche keine Waffe lag.

Doktor Paul, der mit seinen Schlussfolgerungen immer vorsichtig war, nannte als Todeszeitpunkt die Spanne zwischen neun und elf Uhr. Aufgrund des Anrufs im Grelot ließ sich neun Uhr durch neun Uhr dreißig ersetzen.

Die Fingerabdrücke in der Wohnung stammten von lediglich vier Personen: von Lulu selbst, der Putzfrau, dem Professor und Pierre Eyraud. Moers hatte jemanden ins Cochin geschickt, um Gouins Fingerabdrücke von einem Papier abzunehmen, das er im Krankenhaus eben unterschrieben hatte. Die drei anderen zu behelligen war nicht nötig gewesen, da sie alle Karteikarten bei der Kriminalpolizei hatten.

Lulu rechnete offenkundig nicht damit, angegriffen zu werden, sonst hätte der Schuss nicht aus allernächster Nähe abgegeben werden können.

Die Wohnung war nicht durchwühlt worden, der Mörder hatte also wohl nicht des Geldes oder irgendwelcher Dokumente wegen getötet.

»Ich danke Ihnen, Doktor. Ich gehe davon aus, dass nach ihrem Besuch niemand gekommen ist, um Sie auszufragen, ja? Und man hat Sie auch nicht deswegen angerufen?«

»Nein. Als ich in der Zeitung las, dass sie getötet worden war, rechnete ich damit, dass die Polizei zu mir kommen würde, da ihre Putzfrau sie ja zu mir geschickt hatte und auf dem Laufenden sein musste. Ehrlich gesagt, wenn Sie heute Morgen nicht gekommen wären, hätte ich Sie heute Nachmittag angerufen.«

Kurz darauf rief Maigret Madame Gouin von einem Bistro in der Rue des Dames an. Sie erkannte ihn an der Stimme und schien nicht überrascht.

»Ja, Herr Kommissar?«

»Sie sagten mir, dass Ihre Schwester in einer Bibliothek arbeitet. Darf ich fragen, in welcher?«

»In der städtischen Bücherei an der Place Saint-Sulpice.«

»Danke.«

»Haben Sie etwas herausgefunden?«

»Nur, dass Louise Filon schwanger war.«

»Ach!«

Er bedauerte, es ihr am Telefon gesagt zu haben, denn so konnte er ihre Reaktion nicht einschätzen.

»Überrascht Sie das?«

»Ziemlich, ja. Wahrscheinlich ist das lächerlich, aber bei bestimmten Frauen rechnet man nicht mit so etwas. Man vergisst, dass sie genauso wie alle anderen gestrickt sind.«

»Wissen Sie, ob Ihr Mann Bescheid wusste?«

»Er hätte mit mir darüber gesprochen.«

»Er hatte nie Kinder?«

»Nie.«

»Wollte er welche?«

»Ich glaube, dass es ihm egal war. Wir hatten eben keine. Wahrscheinlich liegt das an mir.«

Das kleine schwarze Auto fuhr ihn zur Place Saint-Sulpice, die er, ohne genau zu wissen, warum, von allen Pariser Plätzen am wenigsten mochte. Er hatte immer den Eindruck, sich irgendwo in der Provinz zu befinden. Selbst die Geschäfte dort sahen in seinen Augen anders aus, die Passanten wirkten träger und unscheinbarer auf ihn.

Unscheinbar war auch die Bibliothek, sehr unscheinbar, schummrig, still wie eine leere Kirche, und zu dieser Stunde waren nur drei oder vier Menschen da, die in staubigen Büchern blätterten.

Antoinette Ollivier, Madame Gouins Schwester, sah auf, als er näher kam. Sie schien älter als fünfzig zu sein und hatte die etwas herablassende Gewissheit mancher Frauen, die sich im Besitz aller Wahrheiten glauben.

»Ich bin Kommissar Maigret von der Kriminalpolizei.«

»Ich habe Sie von Fotos erkannt.«

Sie sprach mit gedämpfter Stimme, auch das erinnerte an eine Kirche. Als sie ihn aber aufforderte, sich an den mit grünem Tuch bezogenen Tisch zu setzen, der ihr als Schreibtisch diente, fühlte er sich eher wie in einer Schule. Sie war dicker als ihre Schwester Germaine, aber von einer fast leblosen Wohlgenährtheit. Ihre Haut war von unbestimmbarer Farbe, wie die mancher Nonnen.

»Ich nehme an, Sie sind gekommen, um mir Fragen zu stellen.«

»Sie täuschen sich nicht. Ihre Schwester hat mir erzählt, dass Sie sie vorgestern Abend besucht haben.«

»Das stimmt. Ich bin gegen halb neun gekommen und um halb zwölf wieder gegangen, sofort nach der Ankunft dieses Individuums … Sie wissen schon …«

Es musste für sie den Gipfel der Verachtung darstellen, nicht einmal den Namen ihres Schwagers auszusprechen, und mit dem Wort »Individuum«, dessen Silben sie einzeln aussprach, schien sie äußerst zufrieden zu sein.

»Verbringen Sie die Abende oft mit Ihrer Schwester?«

Aus irgendeinem Grund kam es ihm so vor, als

wäre sie auf der Hut und noch reservierter als die Concierge oder Madame Brault.

Die beiden anderen antworteten vorsichtig, weil sie Angst hatten, dem Professor zu schaden, sie aber fürchtete, ihn zu entlasten.

»Selten«, antwortete sie mit einigem Bedauern.

»Das heißt, einmal im halben Jahr, einmal im Jahr oder alle zwei Jahre?«

»Einmal im Jahr vielleicht.«

»Hatten Sie sich verabredet?«

»Man verabredet sich nicht mit seiner Schwester.«

»Sie sind hingegangen, ohne zu wissen, ob Ihre Schwester zu Hause war? Haben Sie ein Telefon in Ihrer Wohnung?«

»Ja.«

»Und Sie haben Ihre Schwester nicht angerufen?«

»Sie hat mich angerufen.«

»Damit Sie vorbeikommen?«

»Nicht direkt, sie sprach mit mir über andere Dinge.«

»Worüber?«

»Vor allem über die Familie. Sie schreibt wenig. Ich habe mehr Kontakt zu unseren Geschwistern.«

»Und dann hat sie Ihnen gesagt, dass sie Sie gern sehen würde?«

»So ungefähr. Sie fragte mich, ob ich Zeit hätte.«

»Wann war das?«

»Gegen halb sieben. Ich war gerade nach Hause gekommen und bereitete das Abendessen zu.«

»Hat Sie das nicht überrascht?«

»Nein, ich habe mich nur vergewissert, dass er nicht da war. Was hat er Ihnen gesagt?«

»Sie meinen Professor Gouin?«

»Ja.«

»Ich habe ihn noch nicht befragt.«

»Weil Sie denken, dass er unschuldig ist? Weil er ein berühmter Chirurg ist, Mitglied der Akademie für Medizin …«

Sie sprach nicht lauter, aber ihre Stimme zitterte.

»Was war«, unterbrach er sie, »als Sie in der Avenue Carnot ankamen?«

»Ich bin hochgegangen, habe meine Schwester auf die Wange geküsst und Mantel und Hut abgelegt.«

»Wo haben Sie sich aufgehalten?«

»In dem kleinen Raum neben Germaines Zimmer, den sie ihr Boudoir nennt. Der große Salon ist düster und wird fast nie genutzt.«

»Was haben Sie gemacht?«

»Was Schwestern in unserem Alter tun, wenn sie sich Monate nicht gesehen haben. Wir haben geplaudert. Ich habe ihr berichtet, was es Neues gibt. Vor allem habe ich mit ihr über unseren Neffen François gesprochen, der vor einem Jahr zum Priester geweiht wurde und als Missionar in den Norden Kanadas gehen wird.«

»Haben Sie etwas getrunken?«

Die Frage überraschte sie, ja, schockierte sie so, dass sich ihre Wangen sanft röteten.

»Zuerst haben wir eine Tasse Kaffee getrunken.«

»Und dann?«

»Ich musste mehrmals niesen und habe zu meiner Schwester gesagt, dass ich fürchtete, mir beim Verlassen der Metro, in der es drückend heiß war, einen Schnupfen geholt zu haben. Auch bei meiner Schwester war es zu warm.«

»Waren die Angestellten in der Wohnung?«

»Gegen neun sind sie auf ihre Zimmer gegangen. Die Köchin ist seit zwölf Jahren bei meiner Schwester. Die Zimmermädchen wechseln häufiger, aus einem offensichtlichen Grund …«

Er fragte nicht nach dem Grund, er hatte verstanden.

»Sie haben also geniest …«

»Und Germaine schlug vor, uns einen Grog zu machen, und ging in die Küche.«

»Was haben Sie in der Zeit gemacht?«

»Ich las einen Artikel in einem Magazin, da ging es um unser Dorf.«

»Blieb Ihre Schwester länger fort?«

»So lange, wie es braucht, um Wasser für zwei Gläser zum Kochen zu bringen.«

»Haben Sie die anderen Male auf Ihren Schwager gewartet, ehe Sie gingen?«

»Ich vermeide es, ihm zu begegnen.«

»Waren Sie überrascht, als Sie ihn heimkommen sahen?«

»Meine Schwester hatte mir versichert, dass er nicht vor Mitternacht zurück wäre.«

»Welchen Eindruck machte er?«

»Den, den er immer macht, den eines Mannes, der glaubt, über aller Moral, allem Anstand zu stehen.«

»Ihnen ist nichts an ihm aufgefallen?«

»Ich habe mir nicht die Mühe gemacht, ihn anzusehen. Ich habe Hut und Mantel genommen und die Türe zugeschlagen.«

»Haben Sie im Lauf des Abends ein Geräusch gehört, das ein Schuss hätte sein können?«

»Nein. Bis etwa elf Uhr hat jemand im Stockwerk über uns Klavier gespielt, Chopin, das habe ich erkannt.«

»Wussten Sie, dass die Geliebte Ihres Schwagers schwanger war?«

»Das überrascht mich nicht.«

»Hat Ihre Schwester mit Ihnen darüber geredet?«

»Sie hat nicht über dieses Mädchen gesprochen.«

»Sie hat nie über sie gesprochen?«

»Nie.«

»Dennoch wussten Sie Bescheid?«

Sie errötete wieder.

»Sie muss es erwähnt haben, als das Individuum sie im Haus untergebracht hat.«

»Hat Sie das beschäftigt?«

»Jeder macht sich so seine Gedanken. Und man lebt nicht jahrelang mit einem solchen Wesen zusammen, ohne dass es schließlich auf einen abfärbt.«

»Anders gesagt, Ihre Schwester warf ihm seine Liaison nicht vor und nahm ihm auch Louise Filons Anwesenheit im Haus nicht übel?«

»Worauf wollen Sie hinaus?«

Es wäre ihm schwergefallen, auf diese Frage zu antworten. Ihm schien, als würde er sich Stück für Stück vorarbeiten, ohne zu wissen, worauf das Ganze hinauslief. Er war darauf bedacht, zu einer möglichst genauen Vorstellung der Personen zu kommen, die mit Lulu in Verbindung gestanden hatten, und von Lulu selbst.

Ein junger Mann, der nach Büchern verlangte, störte sie, und Antoinette verließ den Kommissar für fünf oder sechs Minuten. Als sie zurückkam, hatte sie sich mit neuem Vorrat an Hass auf ihren Schwager eingedeckt und ließ Maigret gar nicht erst zu Wort kommen.

»Wann werden Sie ihn verhaften?«

»Sie glauben, dass er Louise Filon umgebracht hat?«

»Wer sonst?«

»Ihr Freund Pierrot zum Beispiel.«

»Weshalb hätte der das tun sollen?«

»Aus Eifersucht oder weil sie mit ihm Schluss machen wollte.«

»Und der andere, glauben Sie, war nicht eifersüchtig? Glauben Sie, dass ein Mann in seinem Alter nicht wütend wird, wenn er sieht, dass ein Mädchen ihm einen jungen Mann vorzieht? Und wenn er es war, den sie verlassen wollte?«

Sie schien ihn hypnotisieren zu wollen, um ihm einzubläuen, dass der Professor der Schuldige war.

»Wenn Sie ihn besser kennen würden, würden Sie verstehen, dass er nicht der Mann ist, der zweimal hinsieht, ehe er ein menschliches Wesen auslöscht.«

»Ich glaube im Gegenteil, dass er sich der Aufgabe verschrieben hat, Menschenleben zu retten.«

»Aus Eitelkeit! Um der Welt zu zeigen, dass er der beste Chirurg unserer Zeit ist. Der Beweis dafür ist, dass er nur schwierige Operationen annimmt.«

»Vielleicht weil andere in der Lage sind, die leichteren Fälle zu übernehmen.«

»Sie verteidigen ihn, ohne ihn zu kennen.«

»Ich bemühe mich zu verstehen.«

»So kompliziert ist das wirklich nicht.«

»Sie vergessen, dass die Tat nach Aussage des Gerichtsmediziners, der sich selten irrt, vor elf Uhr begangen wurde. Nun war es aber schon nach elf, als die Concierge den Professor nach Hause kommen sah, zudem ist er gleich hoch in den vierten Stock.«

»Was beweist, dass er nicht vorher schon mal zurückgekommen ist?«

»Ich vermute, dass es nicht schwierig ist, seinen Dienstplan im Krankenhaus zu überprüfen.«

»Haben Sie das gemacht?«

Jetzt wäre Maigret beinahe rot geworden.

»Noch nicht.«

»Ah, sehen Sie, tun Sie das. Das wird mehr bringen, als einen Jungen zu jagen, der nichts getan hat.«

»Sie hassen den Professor?«

»Ihn und alle, die so sind wie er.«

Sie sagte das mit einer solchen Wucht, dass die drei Besucher gleichzeitig von ihren Büchern aufsahen.

»Sie vergessen Ihren Hut!«

»Ich habe ihn wohl am Eingang gelassen.«

Voller Herablassung zeigte sie auf die grüne Tischdecke, wo ein Männerhut lag, dessen Anwesenheit in ihren Augen eine Ungehörigkeit darstellte.

6

Theoretisch gesehen hatte Antoinette gar nicht so unrecht. Als Maigret das Krankenhaus Cochin im Faubourg Saint-Jacques betrat, war Etienne Gouin schon mit seiner Assistentin in die Klinik Saint-Joseph nach Passy aufgebrochen. Der Kommissar war darauf gefasst gewesen, da es schon nach elf war. Er war nicht hier, um den Professor zu treffen. Vielleicht hatte er im Grunde, ohne genau zu wissen, warum, noch keine Lust, ihm persönlich gegenüberzutreten.

Gouins Station war in der zweiten Etage, und Maigret musste mit dem Sekretariat verhandeln, ehe er hinaufgehen durfte. Er fand den langen Gang belebter als erwartet, und die Krankenschwestern sahen übermüdet aus. Diejenige, die er ansprach, kam eben aus einem der Säle und wirkte weniger angespannt als die anderen. Sie war nicht mehr die Jüngste, hatte schon weiße Haare.

»Sind Sie die Oberschwester?«

»Für die Tagesschicht, ja.«

Er sagte ihr, wer er war und dass er ihr ein paar Fragen stellen wollte.

»Zu was?«

Er zögerte zuzugeben, dass es um den Professor ging. Sie hatte ihn bis zur Tür eines kleinen Büros geführt, forderte ihn aber nicht auf einzutreten.

»Ist das der Operationssaal da am Ende des Gangs?«

»Einer der Säle, ja.«

»Wie ist das eigentlich, wenn einer der Chirurgen einen Teil der Nacht im Krankenhaus verbringt?«

»Ich verstehe nicht. Sie meinen, wenn er operieren muss?«

»Nein. Wenn ich mich nicht täusche, kommt das auch aus anderen Gründen vor, zum Beispiel wenn man Komplikationen befürchtet oder noch auf das Ergebnis des Eingriffs wartet, oder?«

»Das kommt vor. Aber …«

»Wo halten sie sich dann auf?«

»Das ist unterschiedlich.«

»Inwiefern?«

»Je nachdem, wie lange sie dableiben. Wenn es für kurze Zeit ist, richten sie sich in meinem Büro ein, oder sie halten sich im Flur auf. Wenn sie jedoch über Stunden warten müssen für den Fall, dass sie bei einem Notfall gebraucht werden, gehen sie nach oben zu den Assistenzärzten, wo ihnen zwei, drei Zimmer zur Verfügung stehen.«

»Über die Treppe?«

»Oder mit dem Aufzug. Die Zimmer sind im

vierten Stock. Meistens ruhen sie sich aus, bis man sie ruft.«

Sie fragte sich augenscheinlich, was all das sollte. Die Zeitungen hatten Gouins Namen nicht im Zusammenhang mit Lulus Tod erwähnt. Wahrscheinlich wusste man hier nichts von seinem Verhältnis mit der Freundin des Musikers Pierrot.

»Vermutlich kann ich nicht mit jemandem sprechen, der vorgestern Abend hier war …«

»Nach acht?«

»Ja, genauer gesagt in der Nacht von Montag auf Dienstag.«

»Was die Krankenschwestern angeht, die gerade hier sind, ist es wie bei mir, sie haben nur tagsüber Dienst. Vielleicht hatte einer der Assistenzärzte Dienst. Warten Sie einen Augenblick.«

Sie ging in zwei, drei Säle und kam schließlich mit einem großen, hageren jungen Mann zurück, der rote Haare hatte und eine Brille mit dicken Gläsern trug.

»Jemand von der Polizei«, stellte sie Maigret vor, ehe sie in ihr Büro ging, ohne die beiden hineinzubitten.

»Kommissar Maigret«, ergänzte dieser.

»Ich dachte schon, dass ich Sie kenne. Sie wünschen eine Auskunft?«

»Sie waren in der Nacht von Montag auf Dienstag hier?«

»Einen Großteil der Nacht, ja. Am Montagnachmittag hat der Professor ein Kind operiert. Ein schwieriger Fall, und er hat mich gebeten, den Patienten nicht aus den Augen zu lassen.«

»Er selbst ist nicht gekommen?«

»Er hat fast den ganzen Abend im Krankenhaus verbracht.«

»Hier auf der Etage, wie Sie?«

»Er kam kurz nach acht Uhr in Begleitung seiner Assistentin. Wir gingen gemeinsam zu dem Patienten und blieben ziemlich lang bei ihm, um auf etwas zu warten, was nicht eintrat. Ich vermute, die medizinischen Details interessieren Sie nicht?«

»Ich würde wahrscheinlich nichts davon verstehen. Wie lange waren Sie bei dem Patienten? Eine Stunde? Zwei?«

»Eine knappe Stunde. Mademoiselle Decaux bestand darauf, dass sich der Professor ausruhte, denn er hatte in der Nacht davor einen dringenden Fall operiert. Er ging schließlich nach oben, um sich einen Moment hinzulegen.«

»Was hatte er an?«

»Er rechnete nicht damit, noch zu operieren, was übrigens auch nicht der Fall war. Deshalb trug er einen Straßenanzug.«

»Mademoiselle Decaux leistete Ihnen dann Gesellschaft?«

»Ja. Wir haben geplaudert. Kurz vor elf kam der

Professor herunter. Ich hatte jede Viertelstunde nach dem Patienten gesehen. Wir sind alle zusammen zu ihm gegangen, und da er außer Gefahr war, beschloss der Professor, nach Hause zu fahren.«

»Mit Mademoiselle Decaux?«

»Sie kommen und gehen fast immer zusammen.«

»Das heißt, dass Professor Gouin zwischen Viertel vor neun und elf Uhr allein im vierten Stock war.«

»Auf jeden Fall allein in seinem Zimmer. Ich begreife nicht, warum Sie diese Fragen stellen.«

»Er hätte von Ihnen unbeobachtet runterkommen können?«

»Über die Treppe, ja.«

»Hätte er unten den Empfang unbemerkt passieren können?«

»Möglich. Vor allem in der Nacht achtet man kaum auf das Kommen und Gehen der Ärzte.«

»Ich danke Ihnen. Würden Sie mir Ihren Namen sagen?«

»Mansuy, Raoul Mansuy.«

In diesem Punkt hatte Madame Gouins Schwester also nicht ganz unrecht. Etienne Gouin hätte das Krankenhaus verlassen, zur Avenue Carnot fahren und zurückkommen können, ohne dass es bemerkt worden wäre.

»Vermutlich können Sie mir nicht sagen, warum …«, fing der Assistenzarzt an, als Maigret sich gerade entfernen wollte.

Der Kommissar schüttelte den Kopf, ging hinunter und über den Hof bis zu dem kleinen schwarzen Auto und dem Fahrer der Kriminalpolizei am Straßenrand. Als er am Quai des Orfèvres ankam, dachte er nicht daran, wie üblich einen Blick durch die Glasscheiben des Warteraums zu werfen. Ehe er sein Büro betrat, ging er in das der Inspektoren, wo Lucas aufstand, um mit ihm zu sprechen.

»Ich habe Antwort aus Béziers.«

Maigret hatte Louise Filons Vater fast vergessen.

»Der Mann ist vor drei Jahren an einer Leberzirrhose gestorben. Davor hat er immer mal wieder im städtischen Schlachthof gearbeitet.«

Niemand hatte sich bislang gemeldet, um Ansprüche auf Louise' Nachlass anzumelden, falls es denn einen gab.

»Ein gewisser Louis wartet seit einer halben Stunde im Vorzimmer.«

»Ein Musiker?«

»Ich glaube.«

»Bring ihn in mein Büro.«

Maigret trat ein, zog Mantel und Hut aus, setzte sich auf seinen Sessel und nahm eine seiner Pfeifen, die vor der Schreibunterlage aufgereiht waren. Kurz darauf wurde der Akkordeonspieler hereingeführt. Er wirkte verunsichert und sah sich um, ehe er sich setzte, als erwartete er eine Falle.

»Du kannst gehen, Lucas.«

Und zu Louis:

»Wenn Sie länger brauchen, tun Sie gut daran, Ihren Mantel auszuziehen.«

»Das lohnt nicht. Er hat mich angerufen.«

»Wann?«

»Heute Morgen, kurz nach neun.«

Er beobachtete den Kommissar und fragte zögernd:

»Gilt es noch immer?«

»Was hab ich Ihnen gestern gesagt? Selbstverständlich. Wenn Pierrot unschuldig ist, hat er nichts zu befürchten.«

»Er hat sie nicht umgebracht. Mir gegenüber hätte er es zugegeben. Ich habe ihm Ihren Vorschlag mitgeteilt, ihm erklärt, dass Sie bereit wären, ihn wo auch immer zu treffen, und er danach wieder frei wäre.«

»Sprechen wir offen. Ich will nicht, dass wir uns falsch verstehen. Wenn ich ihn für unschuldig halte, wird er ein freier Mann sein. Wenn ich glaube, dass er schuldig ist, oder Zweifel habe, verpflichte ich mich, unsere Begegnung nicht auszunutzen, das heißt, ihn gehen zu lassen, die Ermittlungen werden erst nachher wieder aufgenommen.«

»Ungefähr das habe ich ihm auch gesagt.«

»Was hat er geantwortet?«

»Dass er Sie sehen will. Er hat nichts zu verbergen.«

»Würde er hierherkommen?«

»Unter der Bedingung, dass keine Journalisten und Fotografen über ihn herfallen und die Polizei ihm nicht an die Gurgel geht.«

Louis sprach langsam und wägte seine Worte ab, ohne Maigret aus den Augen zu lassen.

»Könnte das schnell passieren?«, fragte der Kommissar.

Er sah auf die Uhr. Es war noch vor zwölf. Zwischen Mittag und zwei Uhr waren die Büros am Quai des Orfèvres ruhig, fast ausgestorben. Das war die Tageszeit, die Maigret möglichst oft nutzte, wenn er eine heikle Befragung durchführen musste.

»Er kann in einer halben Stunde hier sein.«

»Dann hören Sie mir zu. Er hat vermutlich etwas Geld bei sich. Er soll mit dem Taxi zum Untersuchungsgefängnis am Quai de l'Horloge fahren. Da ist wenig los, niemand wird ihn beachten. Einer meiner Inspektoren wird ihn dort erwarten und durch den Palais de Justice zu mir bringen.«

Louis stand auf und sah Maigret eine Weile an, im Bewusstsein der Verantwortung, die er für seinen Freund trug.

»Ich glaube Ihnen«, sagte er schließlich seufzend. »Eine halbe Stunde, höchstens eine.«

Als er fort war, rief Maigret in der Brasserie Dauphine an, um sich etwas zu essen bringen zu lassen.

»Für zwei Personen. Und vier Bier.«

Dann telefonierte er mit seiner Frau, um ihr mitzuteilen, dass er nicht zum Mittagessen nach Hause kommen werde.

Und um sein Gewissen zu beruhigen, ging er noch zum Chef, den er lieber über sein Experiment informieren wollte.

»Halten Sie ihn für unschuldig?«

»Bis zum Beweis des Gegenteils. Wenn er schuldig wäre, hätte er keinen Grund zu kommen. Oder er wäre verdammt ausgebufft.«

»Und der Professor?«

»Keine Ahnung, ich weiß noch nichts.«

»Haben Sie mit ihm geredet?«

»Nein. Janvier hat kurz mit ihm gesprochen.«

Der Chef spürte, dass es keinen Sinn hatte, Fragen zu stellen. Maigret wirkte träg und verstockt, und in diesem Zustand, das wusste man am Quai, war noch weniger aus ihm herauszubekommen als sonst.

»Das Mädchen war schwanger«, fügte er lediglich hinzu, als würde ihm das Sorgen bereiten.

Er ging zurück zu den Inspektoren. Lucas war noch nicht zum Mittagessen gegangen.

»Der Taxifahrer wurde vermutlich noch nicht gefunden?«

»Vor heute Abend werden wir kein Glück haben. Die Fahrer, die in der Nacht unterwegs waren, schlafen noch.«

»Vielleicht wäre es nicht schlecht, nach zwei Fahrern zu suchen.«

»Verstehe ich nicht.«

»Vielleicht hat sich der Professor früher am Abend, kurz vor zehn, in die Avenue Carnot fahren lassen und dann wieder ins Krankenhaus.«

»Ich überprüfe das.«

Er sah sich nach einem Inspektor um, den er zum Untersuchungsgefängnis schicken würde, um Pierrot in Empfang zu nehmen, und entschied sich für den jungen Lapointe.

»Du stellst dich auf den Gehweg gegenüber dem Gefängnis. Jemand wird aus einem Taxi steigen, der Saxophonspieler.«

»Er stellt sich?«

»Er kommt, um mit mir zu reden. Sei höflich. Und mach ihm keine Angst. Führ ihn durch den kleinen Hof und die Gänge des Palais. Ich habe versprochen, dass er keinen Journalisten begegnet.«

Irgendwelche von denen lungerten immer im Flur herum, aber es war ein Leichtes, sie für einen Moment fernzuhalten.

Als Maigret in sein Büro zurückkehrte, erwarteten ihn Sandwiches und Bier auf einem Tablett. Er trank eines der Gläser aus, fing noch nicht zu essen an und sah eine Viertelstunde lang aus dem Fenster, den Blick auf die Frachtkähne gerichtet, die über das graue Wasser glitten.

Endlich hörte er die Schritte zweier Männer, öffnete die Tür und gab Lapointe ein Zeichen zu gehen.

»Treten Sie ein, Pierrot.«

Dieser hatte Ringe unter den Augen, war blass und sichtlich bewegt. Wie sein Freund sah er sich zuerst um, als rechnete er mit einer Falle.

»In diesem Raum sind nur wir beide«, beruhigte ihn Maigret. »Sie können Ihren Mantel ablegen. Geben Sie ihn mir.«

Er legte ihn über eine Stuhllehne.

»Durst?«

Er reichte ihm ein Glas Bier und nahm selber eins.

»Setzen Sie sich. Ich hab vermutet, dass Sie kommen.«

»Warum?«

Seine Stimme klang heiser, als hätte er die Nacht nicht geschlafen und eine Zigarette nach der anderen geraucht. Zwei Finger seiner rechten Hand waren vom Tabak braun verfärbt. Er war nicht rasiert. Vermutlich hatte es dort, wo er sich verkrochen hatte, keine Möglichkeit dazu gegeben.

»Haben Sie etwas gegessen?«

»Ich hab keinen Hunger.«

Er wirkte jünger, als er war, und er war so nervös, dass man es kaum mit ansehen konnte. Selbst im Sitzen zitterte er am ganzen Körper.

»Sie haben versprochen …«, begann er.

»Ich halte mein Wort.«

»Ich bin aus freien Stücken gekommen.«

»Das haben Sie richtig gemacht.«

»Ich habe Lulu nicht getötet.«

Und plötzlich, als Maigret am wenigsten damit rechnete, brach er in Tränen aus. Vermutlich war es das erste Mal, dass er sich gehen ließ, seitdem er vom Tod seiner Freundin gehört hatte. Er weinte wie ein Kind, verbarg das Gesicht in den Händen, und der Kommissar hütete sich, etwas zu sagen. Schließlich hatte er, seitdem er in dem kleinen Restaurant am Boulevard Barbès aus der Zeitung erfahren hatte, dass Lulu tot war, keine Zeit gehabt, an sie zu denken, sondern nur an die Bedrohung, die auf seinen Schultern lag.

Von einer Minute auf die andere war er zu einem gejagten Mann geworden, der zu jeder Zeit seine Freiheit, ja seinen Kopf riskierte.

Nun, da er sich am Quai des Orfèvres der Polizei gegenübersah, die sein Albtraum gewesen war, brach alles aus ihm heraus.

»Ich schwöre Ihnen, dass ich sie nicht getötet habe …«, wiederholte er.

Maigret glaubte ihm. So sprach, so verhielt sich keiner, der schuldig war. Louis hatte recht gehabt, als er am Vorabend seinen Freund einen schwachen Menschen nannte, der den starken Mann nur markierte.

Mit seinen blonden Haaren, den hellen Augen und dem rundlichen Gesicht ließ er nicht an einen Metzgergesellen denken, sondern eher an einen Büroangestellten, und man sah ihn vor sich, wie er am Sonntagnachmittag mit seiner Frau auf den Champs-Élysées spazieren ging.

»Haben Sie wirklich gedacht, dass ich es war?«

»Nein.«

»Warum haben Sie das den Zeitungsleuten gesagt?«

»Ich habe den Reportern gar nichts gesagt. Die schreiben, was sie wollen. Und die Umstände dazu …«

»Ich habe sie nicht getötet.«

»Beruhigen Sie sich erst mal. Sie können gern rauchen.«

Pierrots Hand zitterte noch immer, als er sich eine Zigarette ansteckte.

»Vor allem eine Frage muss ich Ihnen stellen. Lebte Lulu noch, als Sie am Montagabend in die Avenue Carnot kamen?«

Er machte große Augen und rief:

»Natürlich!«

Das war vermutlich die Wahrheit, sonst hätte er nicht erst am nächsten Tag, nachdem er die Zeitung gelesen hatte, verängstigt das Weite gesucht.

»Als sie Sie im Grelot anrief, ahnten Sie nicht, was sie Ihnen sagen wollte?«

»Ich hatte keine Ahnung. Sie war ganz aufgeregt und wollte mich sofort sprechen.«

»Was dachten Sie?«

»Dass sie eine Entscheidung getroffen hatte.«

»Welche?«

»Alles aufzugeben.«

»Was?«

»Den Alten.«

»Hatten Sie sie darum gebeten?«

»Seit zwei Jahren beschwöre ich sie, zu mir zu ziehen.«

Und als wollte er es mit dem Kommissar, ja mit der ganzen Welt aufnehmen, fügte er hinzu:

»Ich liebe sie!«

Es lag keine Emphase in seiner Stimme. Im Gegenteil, er machte nach jeder Silbe eine Pause.

»Sind Sie sicher, dass Sie nicht etwas essen wollen?«

Diesmal griff Pierrot automatisch nach einem Sandwich, Maigret auch. So war es besser. Beide aßen, und das entspannte die Atmosphäre. Bis auf das Klappern einer Schreibmaschine war aus den anderen Büros kein Geräusch zu hören.

»Ist es schon mal vorgekommen, dass Lulu Sie in die Avenue Carnot rief, während Sie bei der Arbeit waren?«

»Nein. Nicht in die Avenue Carnot. Einmal, als sie noch in der Rue La Fayette wohnte und sich

plötzlich krank fühlte … Es war nur eine Magen-
verstimmung, aber sie hatte Angst … Sie hatte immer Angst zu sterben …«

Bei diesem Wort und den Bildern, die es herauf-
beschwor, standen ihm erneut Tränen in den Augen, und es dauerte eine Weile, bis er wieder in sein
Sandwich biss.

»Was hat sie Ihnen am Montagabend gesagt? Moment … Sagen Sie mir, bevor Sie antworten, ob Sie
einen Wohnungsschlüssel haben?«

»Nein.«

»Warum nicht?«

»Keine Ahnung. Aus keinem speziellen Grund.
Ich habe sie selten besucht, und wenn, dann hat sie
mir immer aufgemacht.«

»Sie haben also geklingelt, und sie hat Ihnen aufgemacht.«

»Ich musste nicht klingeln. Sie hat nach mir Aus-
schau gehalten und die Tür geöffnet, als ich aus
dem Fahrstuhl kam.«

»Ich dachte, sie war im Bett …«

»Vorher schon. Sie muss vom Bett aus telefoniert
haben. Kurz bevor ich kam, ist sie aufgestanden.
Sie trug einen Morgenmantel.«

»War sie wie immer?«

»Nein.«

»Sondern?«

»Schwer zu sagen. Sie schien viel nachgedacht zu

haben und drauf und dran, eine Entscheidung zu treffen. Ich hatte Angst, als ich sie sah.«

»Wovor?«

Der Musiker zögerte.

»Was soll's«, brummte er dann. »Ich hatte Angst wegen des Alten.«

»Ich vermute, Sie sprechen vom Professor?«

»Ja. Ich rechnete immer damit, dass er sich scheiden lässt, um Lulu zu heiraten.«

»Davon war die Rede?«

»Wenn ja, dann hat sie mir nichts davon gesagt.«

»Wollte sie ihn denn heiraten?«

»Ich weiß nicht, ich glaube nicht.«

»Hat sie Sie geliebt?«

»Ich glaube ja.«

»Sie sind sich nicht sicher?«

»Frauen sind vermutlich anders als Männer.«

»Was wollen Sie damit sagen?«

Er erklärte es nicht, vielleicht, weil er dazu nicht in der Lage war, und zuckte nur die Achseln.

»Sie war ein armes Mädchen«, murmelte er schließlich.

Die Bissen glitten nur mühsam seinen Hals hinunter, aber er aß mechanisch weiter.

»Wo hat sie sich hingesetzt, als Sie kamen?«

»Sie hat sich nicht gesetzt. Dazu war sie zu aufgeregt. Sie ging auf und ab und sagte dann, ohne mich anzusehen:

›Ich habe eine wichtige Neuigkeit.‹

Und dann, als wollte sie es schnell hinter sich bringen: ›Ich bin schwanger.‹«

»Machte ihr das Freude oder nicht?«

»Weder noch.«

»Sie dachten, das Kind sei von Ihnen?«

Er wagte nicht zu antworten, aber an seiner Haltung erkannte man, dass das für ihn eindeutig war.

»Was haben Sie gesagt?«

»Nichts. Ich fühlte mich komisch. Ich wollte sie in die Arme nehmen.«

»Sie hat das nicht zugelassen?«

»Nein, sie ging weiter auf und ab. Sie sprach wie zu sich selbst und sagte ungefähr:

›Ich frage mich, was ich tun soll. Das ändert alles. Das kann sehr wichtig sein. Wenn ich ihm davon erzähle …‹«

»Sie meinte den Professor?«

»Ja. Sie wusste nicht, ob sie es ihm sagen sollte oder nicht. Sie war sich nicht sicher, wie er reagieren würde.«

Pierre, der sein Sandwich aufgegessen hatte, seufzte entmutigt:

»Ich weiß nicht, wie ich Ihnen das erklären soll. Ich erinnere mich an die kleinste Kleinigkeit, und gleichzeitig geht alles durcheinander. Ich habe mir nicht vorgestellt, dass es so kommen würde.«

»Was hatten Sie sich erhofft?«

»Dass sie sich in meine Arme werfen und mir sagen würde, dass sie sich endlich entschlossen hätte, mit mir zu gehen.«

»Und der Gedanke ist ihr nicht gekommen?«

»Vielleicht schon. Doch, ich bin mir fast sicher. Sie wollte es. Anfangs, als sie aus dem Krankenhaus kam, behauptete sie, dass sie aus Dankbarkeit gezwungen war, so zu handeln.«

»Sie dachte, dass sie Gouin etwas schuldig sei?«

»Er hat ihr das Leben gerettet. Er hat, glaube ich, keinem seiner Patienten so viel Zeit gewidmet wie ihr.«

»Das haben Sie geglaubt?«

»Was?«

»Das mit Lulus Dankbarkeit.«

»Ich hab ihr gesagt, sie sei nicht verpflichtet, seine Geliebte zu bleiben. Er hatte ja noch andere.«

»Glauben Sie, dass er in sie verliebt war?«

»Er hing an ihr, sicher, und war ihr vielleicht irgendwie hörig.«

»Und Sie?«

»Ich habe sie geliebt.«

»Noch einmal: Warum hat sie Sie kommen lassen?«

»Das hab ich mich auch gefragt.«

»Gegen halb sechs hat ihr ein Arzt in der Rue des Dames bestätigt, dass sie schwanger war. Hätte sie Sie nicht zu diesem Zeitpunkt sehen können?«

»Doch, sie wusste, wo ich normalerweise zu Abend esse, bevor ich ins Grelot gehe.«

»Sie ist nach Hause gegangen. Später, zwischen halb acht und acht, ist der Professor bei ihr vorbeigekommen.«

»Das hat sie mir erzählt.«

»Hat sie Ihnen auch gesagt, ob sie ihm die Neuigkeit mitgeteilt hat?«

»Sie hat ihm gar nichts erzählt.«

»Sie hat gegessen und ist zu Bett gegangen. Wahrscheinlich hat sie nicht geschlafen, und gegen neun hat sie Sie angerufen.«

»Ich weiß. Ich hab über all das nachgedacht und versucht, es zu verstehen. Vergebens. Sicher bin ich, dass ich sie nicht getötet habe.«

»Antworten Sie mir ehrlich, Pierrot – wenn sie Ihnen am Montagabend gesagt hätte, sie wolle Sie nicht mehr sehen, hätten Sie sie dann getötet?«

Der junge Mann sah ihn an, ein vages Lächeln zeigte sich auf seinen Lippen.

»Wollen Sie, dass ich mir selbst die Schlinge um den Hals lege?«

»Sie müssen darauf nicht antworten.«

»Vielleicht hätte ich sie umgebracht. Aber erstens hat sie mir das nicht gesagt, und zweitens besitze ich keinen Revolver.«

»Sie hatten einen, als Sie das letzte Mal verhaftet wurden.«

»Das ist Jahre her, und die Polizei hat ihn mir nicht zurückgegeben. Ich hab keinen mehr, außerdem hätte ich sie nicht auf diese Weise getötet.«

»Wie hätten Sie es angestellt?«

»Ich weiß nicht … Vielleicht hätte ich blindlings auf sie eingeschlagen oder ihr den Hals zugedrückt.«

Er starrte auf das Parkett und nahm sich Zeit, ehe er mit belegter Stimme hinzufügte:

»Vielleicht hätte ich auch nichts gemacht. Es gibt so Sachen, über die man nachdenkt, wenn man einschläft, und die man nie tut.«

»Also haben Sie beim Einschlafen mal daran gedacht, Lulu zu töten?«

»Ja.«

»Weil Sie auf Gouin eifersüchtig waren?«

Er zuckte noch mal die Achseln, was wohl bedeutete, dass die Worte es nicht genau trafen und die Wahrheit komplizierter war.

»Sie waren schon vor Gouin Louise Filons Freund und haben sie nicht daran gehindert, auf den Strich zu gehen, oder täusche ich mich?«

»Das ist was anderes.«

Maigret bemühte sich, der Wahrheit so nah wie möglich zu kommen, aber er war sich im Klaren, dass eine absolute Wahrheit nicht zu haben war.

»Vom Geld des Professors haben Sie niemals profitiert?«

»Nie!«, erwiderte er heftig mit einer abrupten Kopfbewegung, als wäre er kurz davor, in Rage zu geraten.

»Louise hat Ihnen keine Geschenke gemacht?«

»Nur Kleinigkeiten, einen Ring, Krawatten, Socken.«

»Und die haben Sie angenommen?«

»Ich wollte sie nicht verletzen.«

»Was hätten Sie gemacht, wenn sie Gouin verlassen hätte?«

»Wir hätten zusammengelebt.«

»Wie vorher?«

»Nein.«

»Warum?«

»Weil ich das nie gemocht habe.«

»Wovon hätten Sie gelebt?«

»Zuerst einmal sorge ich für meinen Lebensunterhalt.«

»Schlecht, wie mir Louis anvertraut hat.«

»Schlecht, na und? Aber ich wollte nicht in Paris bleiben.«

»Wohin wollten Sie?«

»Irgendwohin, nach Südamerika oder nach Kanada.«

Er war ein größerer Grünschnabel, als Maigret gedacht hatte.

»Und diese Idee hat Lulu begeistert?«

»Manchmal reizte sie das, und es kam vor, dass

sie mir versprach, dass wir in ein, zwei Monaten aufbrechen würden.«

»Vermutlich hat sie abends so geredet?«

»Woher wissen Sie das?«

»Und morgens sah sie die Dinge nüchterner ...«

»Sie hatte Angst.«

»Wovor?«

»Vor Hunger zu krepieren.«

Endlich ging es voran, und gegen seinen Willen brach sich Pierrots Groll Bahn.

»Glauben Sie nicht, dass sie genau wegen dieser Angst beim Professor blieb?«

»Kann sein.«

»Sie hat in ihrem Leben oft Hunger gehabt, nicht wahr?«

Der junge Mann erwiderte trotzig:

»Ich auch!«

»Nur dass sie Angst hatte, erneut Hunger zu leiden.«

»Was wollen Sie damit beweisen?«

»Vorerst gar nichts. Ich will nur verstehen. Etwas ist sicher: Am Montagabend hat jemand aus nächster Nähe einen Schuss auf Lulu abgegeben. Sie sagen, dass Sie es nicht waren, und ich glaube Ihnen.«

»Sind Sie sicher, dass Sie mir glauben?«, murmelte Pierrot misstrauisch.

»Bis zum Beweis des Gegenteils.«

»Und Sie lassen mich gehen?«

»Wenn wir unsere Unterhaltung beendet haben.«

»Und dann werden Sie die Nachforschungen einstellen und Ihren Leuten sagen, sie sollen mich in Ruhe lassen?«

»Ich werde Ihnen sogar erlauben, Ihren Platz im Grelot wieder einzunehmen.«

»Und die Zeitungen?«

»Ich werde gleich eine Mitteilung herausgeben, in der steht, dass Sie sich unaufgefordert bei der Kriminalpolizei gemeldet haben und nach Ihrer Aussage auf freien Fuß gesetzt wurden.«

»Das bedeutet nicht, dass man mich nicht mehr verdächtigt.«

»Ich werde hinzufügen, dass keinerlei Indizien gegen Sie vorliegen.«

»Das ist schon besser.«

»Hat Lulu einen Revolver besessen?«

»Nein.«

»Sie haben gerade gesagt, dass sie Angst hatte.«

»Vor dem Leben, vor dem Elend, aber nicht vor den Menschen. Sie hätte mit einem Revolver gar nichts anzufangen gewusst.«

»Sie sind am Montagabend nur eine gute Viertelstunde bei ihr geblieben?«

»Ich musste zurück ins Grelot. Zudem war ich nicht gern dort, wo der Alte doch jeden Moment hereinkommen konnte. Er hat einen Schlüssel.«

»Kam das vor?«

»Einmal.«

»Was ist da passiert?«

»Nichts. Es war an einem Nachmittag, da kam er sonst nie. Wir hatten uns für fünf in der Stadt verabredet, aber etwas ist mir dazwischengekommen. Da ich im Viertel war, ging ich zu ihr hoch. Wir plauderten im Wohnzimmer, als wir hörten, wie sich der Schlüssel im Schloss drehte. Er kam herein. Ich hab mich nicht versteckt. Er hat mich nicht angesehen. Er ging bis in die Mitte des Zimmers, ohne seinen Hut abzunehmen, und hat schweigend gewartet. Fast so, als wäre ich kein Mensch.«

»Eigentlich wissen Sie also nicht, warum Lulu Sie am Montagabend hat kommen lassen?«

»Vermutlich hatte sie das Bedürfnis, mit jemandem zu reden.«

»Wie endete Ihr Gespräch?«

»Sie sagte zu mir:

›Du sollst eins wissen: Ich weiß nicht, was ich tun werde. Auf jeden Fall ist noch nichts zu sehen. Denk du auch darüber nach.‹«

»Lulu hat Ihnen gegenüber nie davon gesprochen, den Professor zu heiraten?«

Er schien in seinen Erinnerungen zu kramen.

»Einmal, als wir in einem Restaurant am Boulevard Rochechouart waren und über eine Bekannte sprachen, die gerade geheiratet hatte, da hat sie gesagt:

›Das hängt allein von mir ab, ob er sich scheiden lässt und mich heiratet.‹«

»Sie haben das geglaubt?«

»Er hätte es vielleicht getan. In diesem Alter sind Männer zu allem fähig.«

Maigret konnte ein Lächeln nicht verbergen.

»Ich frage Sie nicht, wo Sie seit gestern Nachmittag waren.«

»Ich würde es Ihnen auch nicht sagen. Bin ich frei?«

»Völlig.«

»Wenn ich gehe, nehmen mich Ihre Männer nicht fest?«

»Es wäre in der Tat besser, wenn Sie ein, zwei Stunden in der Gegend bleiben und sich unauffällig verhalten, damit ich Zeit habe, meine Anweisungen zu geben. An der Place Dauphine ist eine Brasserie, wo Sie Ihre Ruhe haben werden.«

»Geben Sie mir meinen Mantel.«

Er wirkte erschöpfter als bei seiner Ankunft, weil die Anspannung von ihm abgefallen war.

»Oder Sie nehmen sich im erstbesten Hotel ein Zimmer und schlafen sich aus.«

»Ich könnte nicht schlafen.«

In der Tür drehte er sich um:

»Was passiert nun mit …«

Maigret begriff.

»Wenn sich niemand meldet …«, begann er.

»Ich darf mich darum kümmern?«

»Da es ja keine Familie ...«

»Sie sagen mir, was ich tun muss?«

Er wollte ein anständiges Begräbnis für Lulu ausrichten, und sicher würden ihre Freunde aus der Tanzbar und aus dem Barbès-Viertel ihr das letzte Geleit geben.

Maigret sah, wie sich seine müde Gestalt durch den langen Flur entfernte, machte langsam die Tür zu, blieb eine Weile regungslos in der Mitte seines Büros stehen und ging schließlich zu den Inspektoren hinüber.

7

Es war kurz vor sechs, als der Wagen der Kriminalpolizei in der Avenue Carnot hielt, vor dem Gebäude, in dem die Gouins wohnten, aber am Gehweg gegenüber, mit der Schnauze Richtung Ternes-Viertel. Es war früh dunkel geworden, wie an den drei Tagen zuvor war die Sonne auch heute nicht zu sehen gewesen.

Bei der Concierge brannte Licht, genauso im vierten Stock bei den Gouins, im linken Flügel der Wohnung. Hier und da waren andere Fenster erleuchtet. Einige Wohnungen waren zurzeit nicht bewohnt. Die Ottrebons zum Beispiel, Belgier aus dem Finanzwesen, waren den Winter über in Ägypten. Der Graf von Tavera und seine Familie aus dem zweiten Stock verbrachten die Jagdsaison in ihrem Schloss irgendwo südlich der Loire.

Eingezwängt in seinen Mantel und mit hochgeschlagenem Kragen, aus dem die Pfeife herausragte, verschanzte sich Maigret im Fond des Wagens. Er rührte sich nicht und wirkte so übellaunig, dass der Fahrer nach einigen Minuten eine Zeitung aus der Tasche zog und murmelte: »Sie erlauben?«

Man fragte sich, wie er im schwachen Schein der Gaslaterne lesen konnte.

Maigrets Laune hatte sich den ganzen Nachmittag nicht verändert. Er war nicht wirklich schlecht gelaunt, das wussten seine Kollegen, aber die Wirkung war die gleiche, und man hatte sich am Quai des Orfèvres abgesprochen, ihn nicht zu stören. Er hatte sein Büro nur zwei-, dreimal verlassen, um bei den Inspektoren vorbeizuschauen. Mit großen Augen hatte er sie dann angesehen, als hätte er vergessen, weshalb er gekommen war.

Er hatte seit Wochen unerledigte Akten mit einem solchen Elan bearbeitet, als wären sie plötzlich von größter Dringlichkeit. Gegen halb fünf hatte er zum ersten Mal im amerikanischen Krankenhaus von Neuilly angerufen.

»Ist Professor Gouin im Operationssaal?«

»Ja, er wird erst in einer Stunde fertig sein. Wer spricht da?«

Er hatte aufgelegt, Janviers Bericht über die Hausbewohner noch einmal gelesen und die Antworten, die man ihm gegeben hatte. Niemand hatte einen Schuss gehört. Auf Louise Filons Etage wohnte rechts eine gewisse Madame Mettetal, eine noch junge Witwe, die den Montagabend im Theater verbracht hatte. In der Etage darunter hatten die Crémieux' ein Essen für zehn Gäste gegeben, das lautstark zu Ende gegangen war.

Maigret hatte dann noch an einem anderen Fall gearbeitet und einige unwichtige Anrufe erledigt.

Als er um halb sechs wieder in Neuilly anrief, antwortete man ihm, dass die Operation gerade zu Ende gegangen sei und der Professor sich umziehe. Dann hatte Maigret den Wagen genommen.

Auf dem Gehweg der Avenue Carnot gab es wenig Passanten, und Autos verkehrten kaum. Über die Schulter des Fahrers hinweg las er auf der ersten Seite der Zeitung die fette Überschrift:

MUSIKER PIERROT FREIGELASSEN

Wie versprochen, hatte er die Reporter informiert. Die schwach leuchtende Uhr am Armaturenbrett zeigte zwanzig nach sechs. Wenn es in der Nähe ein Bistro gegeben hätte, wäre er ein Glas trinken gegangen. Er bedauerte, nicht auf dem Weg haltgemacht zu haben.

Erst um zehn vor sieben hielt ein Taxi vor dem Gebäude. Etienne Gouin stieg als Erster aus und blieb eine Weile reglos auf dem Gehweg stehen, während seine Assistentin ihrerseits das Auto verließ.

Er stand unter einer Straßenlaterne, und seine Gestalt zeichnete sich im Licht ab. Er musste einen halben Kopf größer als Maigret sein und hatte fast genauso breite Schultern. Sein wehender Mantel, der viel länger war, als es die Mode in diesem Jahr vorschrieb, erlaubte es kaum, seine Körperfülle einzuschätzen. Er machte sich offensichtlich keine größeren Gedanken über sein Erscheinungsbild. Der Hut saß schief auf seinem Kopf.

Im Großen und Ganzen machte er den Eindruck eines dicken Mannes, der abgenommen hatte und von dem nicht mehr als eine breite Statur geblieben war.

Er wartete geduldig, fixierte zerstreut irgendeinen Punkt im Raum, während die junge Frau Geld aus ihrer Tasche nahm, um den Fahrer zu bezahlen. Als das Taxi fortfuhr, blieb er stehen, um ihr zuzuhören. Ob sie ihn wohl, bevor sie aufbrach, an seine Termine am nächsten Tag erinnerte?

Sie ging mit ihm zum Hauseingang, wo sie ihm die dunkle Ledertasche gab, und sah ihm nach, bis er in den Aufzug stieg, ehe sie Richtung Place des Ternes davonging.

»Folg ihr.«

»Gut, Chef.«

Das Auto musste nur die abschüssige Straße hinuntergleiten. Lucile Decaux ging schnell, ohne sich umzudrehen. Sie war klein, braunhaarig und, soweit sich das beurteilen ließ, recht mollig. Sie bog in die Rue des Acacias ein und betrat eine Schlachterei, dann eine Bäckerei nebenan und schließlich hundert Meter weiter ein abbruchreifes Gebäude.

Maigret blieb noch gut zehn Minuten im Auto sitzen, ehe er in das Haus ging und sich an die Concierge wandte. Sie saß in einer Loge, die von einer ganz anderen Kategorie war als die in der Avenue Carnot und so klein, dass ein Erwachsenen- und ein Kinderbett sie vollständig ausfüllten.

»Mademoiselle Decaux?«

»Im Vierten, rechts. Sie ist gerade gekommen.«

Es gab keinen Aufzug. Im vierten Stock drückte er auf eine Klingel und hörte Schritte. Eine Stimme hinter der Tür fragte:

»Wer ist da?«

»Kommissar Maigret.«

»Einen Moment bitte.«

Die Stimme klang weder überrascht noch erschreckt. Ehe Mademoiselle Decaux aufmachte, ging sie in ein anderes Zimmer, blieb dort einen Moment, kam zurück, und der Kommissar begriff, warum, als der Türflügel aufging und er sie im Bademantel und Pantoffeln sah.

»Kommen Sie herein«, sagte sie und sah ihn neugierig an.

Die Wohnung, die aus drei Zimmern und einer Küche bestand, war äußerst sauber, das Parkett so gut gewachst, dass man darauf wie auf einer Eisbahn hätte gleiten können. Sie bat ihn ins Wohnzimmer, das eher eine Art Studio war, mit einem Diwan, auf dem ein gestreiftes Tuch lag, vollgepackten Bücherborden, einem Plattenspieler und Regalen voller Schallplatten. Über dem Kamin, in dem die junge Frau gerade Holzscheite angezündet hatte, hing eine gerahmte Fotografie Etienne Gouins.

»Erlauben Sie, dass ich meinen Mantel ablege?«

»Bitte. Ich war dabei, es mir bequem zu machen, als Sie klingelten.«

Sie war nicht hübsch. Ihre Gesichtszüge waren unregelmäßig, ihre Lippen zu voll, aber sie schien eine gute Figur zu haben.

»Halte ich Sie vom Essen ab?«

»Das ist unwichtig. Setzen Sie sich.«

Sie wies auf einen Sessel und setzte sich selbst auf den Rand des Diwans, während sie den Bademantel über ihre nackten Beine zog.

Sie stellte ihm keine Fragen und betrachtete ihn, wie manche Menschen eine berühmte Person betrachten, wenn sie endlich leibhaftig vor ihnen steht.

»Ich wollte Sie nicht im Krankenhaus stören.«

»Das wäre Ihnen auch kaum geglückt, denn ich war im Operationssaal.«

»Sie sind bei den Operationen des Professors üblicherweise dabei?«

»Immer.«

»Schon lange?«

»Seit zehn Jahren. Davor war ich seine Schülerin.«

»Sie sind Ärztin?«

»Ja.«

»Darf ich fragen, wie alt Sie sind?«

»Sechsunddreißig.«

Sie antwortete ohne Zögern, mit unbewegter Stimme, und doch glaubte Maigret ein gewisses Misstrauen herauszuhören, vielleicht gar eine Art Feindseligkeit.

»Ich bin hier, um einige Details zu klären. Sie wissen sicher, dass in einer Untersuchung wie dieser alles überprüft werden muss.«

Sie wartete auf seine Fragen.

»Wenn ich mich nicht irre, haben Sie Ihren Chef am Montagabend kurz vor acht in der Avenue Carnot abgeholt.«

»Das stimmt. Ich habe ein Taxi angehalten und den Professor von der Loge der Concierge aus angerufen, um ihm zu sagen, dass ich unten warten würde.«

»So machen Sie das jedes Mal?«

»Ja. Ich gehe nur hoch, wenn es im Büro etwas zu tun gibt oder wenn ich Unterlagen holen muss.«

»Wo hielten Sie sich auf, als der Professor herunterkam?«

»Vor dem Aufzug.«

»Sie wissen, dass er unterwegs haltmachte?«

»Er hielt sich ein paar Minuten lang im dritten Stock auf. Sie sind vermutlich auf dem Laufenden?«

»Das bin ich.«

»Warum haben Sie dem Professor diese Frage nicht selbst gestellt?«

Er zog es vor, nicht zu antworten.

»War er wie sonst? Schien er beunruhigt?«

»Nur wegen des Zustands seines Patienten.«

»Unterwegs hat er nichts gesagt?«

»Er spricht nicht viel.«

»Sie müssen ein paar Minuten nach acht im Cochin angekommen sein. Was geschah dann?«

»Wir sind sofort in das Zimmer des Patienten gegangen, begleitet vom diensthabenden Assistenzarzt.«

»Sie haben dort den ganzen Abend verbracht?«

»Nein. Der Professor blieb ungefähr eine halbe Stunde im Zimmer, wartete auf bestimmte Reaktionen, die nicht eintraten. Ich sagte ihm, dass es besser wäre, sich auszuruhen.«

»Wann ging er in den vierten Stock?«

»Ich weiß, dass Sie diese Fragen schon im Krankenhaus gestellt haben.«

»Hat Ihnen das die Oberschwester gesagt?«

»Das ist egal.«

»Also wann?«

»Kurz vor neun.«

»Sie sind nicht mit nach oben gegangen?«

»Ich bin bei dem Kranken, einem Kind, geblieben.«

»Ich weiß. Wann kam der Professor zurück?«

»Ich bin zu ihm gegangen, um ihm zu sagen, dass das, worauf er gewartet hatte, eingetreten war.«

»Haben Sie das Zimmer betreten, wo er sich hingelegt hatte?«

»Ja.«

»War er angezogen?«

»Im Krankenhaus legt er sich immer angezogen hin. Er hatte lediglich sein Jackett ausgezogen und die Krawatte gelockert.«

»Sie haben also die ganze Zeit zwischen halb neun und elf am Bett des Patienten verbracht. Ihr Chef hätte über die Treppe hinuntergehen und das Krankenhaus verlassen können, ohne dass Sie es gemerkt hätten.«

Sie musste damit gerechnet haben, denn er hatte im Cochin dieselbe Frage gestellt, und darüber hatte man sicher mit ihr gesprochen. Trotzdem sah er, wie ihr Brustkorb nun schneller auf und nieder ging. Hatte sie ihre Antwort vorbereitet?

»Nein, denn um Viertel nach zehn bin ich hochgegangen, um sicher zu sein, dass es ihm an nichts fehlte.«

Maigret sah ihr in die Augen und erwiderte, ohne seine Stimme, in die er viel Zartheit legte, zu erheben:

»Sie lügen, nicht wahr?«

»Warum sagen Sie das?«

»Weil ich spüre, dass Sie lügen. Hören Sie mir zu, Mademoiselle Decaux: Sogar noch heute Abend lässt sich mühelos rekonstruieren, was Sie im Krankenhaus getan und gelassen haben. Selbst wenn Sie sich das Personal vorgenommen haben, wird sich jemand finden, der umfällt und die Wahrheit sagt. Sie sind nicht vor elf hochgegangen!«

»Der Professor hat das Krankenhaus nicht verlassen.«

»Woher wissen Sie das?«

»Weil ich ihn besser kenne als irgendjemand anderer.«

Sie zeigte auf die Abendzeitung, die auf einem kleinen Tisch lag.

»Ich habe sie in Neuilly auf einem Tisch gefunden und gelesen. Warum haben Sie den Jungen freigelassen?«

Sie meinte Pierrot, dessen auf dem Kopf stehenden Namen er von seinem Platz aus lesen konnte.

»Sie sind sich ganz sicher, dass er unschuldig ist?«

»Ich bin mir bei gar nichts sicher.«

»Aber Sie verdächtigen den Professor, dieses Mädchen umgebracht zu haben?«

Statt zu antworten, fragte er zurück:

»Sie kannten sie?«

»Sie vergessen, dass ich Monsieur Gouins Assistentin bin. Ich war dabei, als er sie operierte.«

»Sie mochten sie nicht?«

»Was hätte ich gegen sie haben sollen?«

Da er seine Pfeife in der Hand hielt, sagte sie:

»Sie können gern rauchen. Das stört mich nicht.«

»Stimmt es, dass es zwischen dem Professor und Ihnen intimere Beziehungen gab als die beruflichen?«

»Das hat man Ihnen auch gesagt?«

Sie lächelte mit einer gewissen Herablassung.

»Sind Sie sehr bürgerlich, Monsieur Maigret?«

»Das hängt davon ab, was Sie darunter verstehen.«

»Ich versuche herauszufinden, ob Sie in moralischen Dingen konventionelle Vorstellungen haben.«

»Ich bin bald fünfunddreißig Jahre bei der Polizei, meine Liebe.«

»Dann sprechen Sie nicht von intimen Beziehungen. Es gab intime Beziehungen, und zwar in unserer Zusammenarbeit. Alles andere ist belanglos.«

»Das heißt, dass Sie sich nicht lieben?«

»Sicher nicht in dem Sinn, den Sie meinen. Ich bewundere Professor Gouin wie keinen anderen Menschen auf der Welt. Ich bemühe mich, ihm zu helfen, so gut ich kann. Zehn, zwölf Stunden am Tag, manchmal mehr, bin ich an seiner Seite, und er merkt das nicht einmal, so selbstverständlich ist das für uns beide geworden. Oft bleiben wir die ganze Nacht bei einem Patienten, um zu sehen, ob sich bestimmte Symptome zeigen. Ob in der Provinz oder im Ausland – ich begleite ihn zu seinen Operationen. Ich zahle das Taxi, und ich erinnere ihn an seine Termine, so wie ich seine Frau anrufe, wenn er nicht nach Hause kommen kann.

Ganz am Anfang, das ist lange her, ist das geschehen, was normalerweise geschieht, wenn ein Mann und eine Frau viel zusammen sind.

Er hat dem keine Bedeutung beigemessen. Mit den Krankenschwestern und vielen anderen Frauen hielt er es genauso.«

»Sie haben dem auch keine Bedeutung beigemessen?«

»Nicht die mindeste.«

Sie sah ihm direkt in die Augen, als wollte sie ihn zum Widerspruch herausfordern.

»Waren Sie nie verliebt?«

»In wen?«

»In irgendeinen Mann, in den Professor.«

»Nicht in dem Sinn, den Sie dem Wort geben.«

»Aber Sie haben ihm Ihr Leben geopfert?«

»Ja.«

»Er hat Sie zu seiner Assistentin gemacht, als Sie Ihre Doktorarbeit schrieben?«

»Ich habe mich beworben. Mir kam dieser Gedanke in dem Moment, als ich begann seine Vorlesungen zu hören.«

»Sie haben gesagt, dass am Anfang bestimmte

Dinge zwischen Ihnen vorgefallen sind. Also ist das jetzt vorbei?«

»Sie sind ein hervorragender Beichtvater, Monsieur Maigret. Es passiert immer noch gelegentlich.«

»Hier bei Ihnen?«

»Er hat nie einen Fuß in diese Wohnung gesetzt. Ich kann mir nicht vorstellen, wie er vier Stockwerke hochsteigt und hierherkommt.«

»Im Krankenhaus?«

»Manchmal. Oder in seiner Wohnung. Sie vergessen, dass ich auch seine Sekretärin bin und wir oft einen Teil des Tages in der Avenue Carnot verbringen.«

»Sie kennen seine Frau gut?«

»Wir sehen uns fast täglich.«

»Wie ist Ihr Verhältnis?«

Es kam ihm so vor, als würde Lucile Decaux' Blick härter.

»Gleichgültig«, fügte sie an.

»Von beiden Seiten?«

»Was wollen Sie hören?«

»Die Wahrheit.«

»Sagen wir, dass Madame Gouin mich wie ihre Hausangestellten betrachtet. Vermutlich versucht sie, sich selbst einzureden, dass sie die Frau Professor ist. Haben Sie sie gesehen?«

Einmal mehr wich Maigret aus.

»Warum hat Ihr Chef sie geheiratet?«

»Um nicht allein zu sein, nehme ich an.«

»Das war, bevor Sie seine Assistentin wurden, ja?«

»Mehrere Jahre davor.«

»Versteht er sich gut mit ihr?«

»Er ist nicht der Typ Mann, der sich mit irgend-jemand streitet, und er verfügt über die außerge-wöhnliche Fähigkeit, Menschen zu ignorieren.«

»Er ignoriert seine Frau?«

»Sie essen manchmal zusammen.«

»Mehr nicht?«

»Soweit ich weiß, ja.«

»Warum, denken Sie, hat sie ihn geheiratet?«

»Sie war damals bloß eine kleine Krankenschwes-ter, vergessen Sie das nicht. Der Professor gilt als reicher Mann.«

»Ist er das?«

»Er verdient viel Geld, schert sich aber nicht darum.«

»Er besitzt also ein gewisses Vermögen?«

Sie nickte und stellte die Beine nebeneinander, ohne zu vergessen, am Saum ihres Bademantels zu ziehen.

»Er ist also Ihrer Meinung nach nicht glücklich verheiratet?«

»Das stimmt nicht ganz. Seine Frau könnte ihn nicht unglücklich machen.«

»Und Lulu?«

»Lulu auch nicht, davon bin ich überzeugt.«

»Wenn er nicht in sie verliebt ist, wie erklären Sie sich dann, dass er seit mehr als zwei Jahren …«

»Das kann ich Ihnen nicht erklären. Das müssen Sie schon selbst begreifen.«

»Jemand hat gesagt, dass er ihr ›hörig‹ war.«

»Wer?«

»Ist das falsch?«

»Ja und nein. Sie ist zu etwas geworden, das ihm gehörte.«

»Aber er hätte sich nicht scheiden lassen, um sie zu heiraten?«

Sie schaute ihn fassungslos an und protestierte:

»Nie im Leben! Er hätte sich übrigens niemals durch eine Scheidung das Leben kompliziert.«

»Nicht mal, um Sie zu heiraten?«

»Daran hat er nie gedacht.«

»Und Sie?«

Sie errötete.

»Ich auch nicht. Was wäre dadurch gewonnen? Im Gegenteil, das wäre ein schlechter Tausch gewesen. Schauen Sie, ich bin es, der den besten Part hat, immer noch. Er macht so gut wie nichts ohne mich. Ich bin Teil seiner Arbeit. Ich kenne seine wissenschaftlichen Werke schon, während er sie schreibt, und oft kümmere ich mich um die Recherchen. Und wenn er im Taxi durch Paris fährt, bin ich immer an seiner Seite.«

»Hat er Angst, plötzlich zu sterben?«

»Warum fragen Sie das?«

Sie schien vom Scharfsinn des Kommissars überrascht.

»Ja, seit ein paar Jahren, als er erfuhr, dass sein Herz nicht perfekt funktioniert. Damals hat er mehrere Kollegen konsultiert. Sie wissen vielleicht nicht, dass die meisten Ärzte sich vor Krankheiten mehr fürchten als ihre Patienten.«

»Ich weiß.«

»Er hat nie etwas dazu gesagt, aber nach und nach hat er sich angewöhnt, nicht allein zu bleiben.«

»Wenn er im Taxi einen Anfall hätte … was könnten Sie tun?«

»Fast nichts, trotzdem verstehe ich ihn.«

»Es ist also die Vorstellung, ganz allein zu sterben, die ihn ängstigt.«

»Warum sind Sie eigentlich hier, Herr Kommissar?«

»Vielleicht um Ihren Chef nicht unnötig zu behelligen. Seine Geliebte wurde am Montagabend umgebracht.«

»Ich mag dieses Wort nicht, es trifft die Sache nicht.«

»Ich verwende es im üblichen Sinn. Gouin hätte die Tat begehen können. Wie Sie gerade gesagt haben, war er von Viertel vor neun bis elf allein im vierten Stock des Krankenhauses. Nichts hinderte ihn daran, hinunterzugehen und sich in die Avenue Carnot fahren zu lassen.«

»Wenn Sie ihn kennen würden, würde Ihnen nie der Gedanke kommen, dass er jemanden töten könnte.«

»Doch!«, gab er zurück.

Er klang so bestimmt, dass sie ihn nur entgeistert ansah.

»Was wollen Sie damit sagen?«

»Sie geben zu, dass seine Arbeit, seine Karriere, seine wissenschaftlichen Forschungen, seine Tätigkeit als Mediziner oder Lehrender, wie immer Sie es nennen wollen, das Einzige ist, was in seinen Augen Wert hat.«

»In einem gewissen Maße, ja.«

»In einem viel größeren Maße, als es mir jemals bei irgendwem begegnet ist. Jemand hat ihn als ›Naturgewalt‹ bezeichnet.«

Diesmal fragte sie nicht, wer.

»Naturgewalten scheren sich nicht um die Schäden, die sie anrichten. Wenn Lulu aus welchem Grund auch immer seine berufliche Tätigkeit gefährdete …«

»Wie hätte sie das tun können?«

»Sie wissen, dass sie schwanger war?«

»Und das hat die Situation verändert?«

Sie wirkte nicht überrascht.

»Sie wussten es?«

»Der Professor hat mir davon erzählt.«

»Wann?«

»Am letzten Samstag.«

»Sind Sie sicher, dass es am Samstag war?«

»Absolut. Wir kamen mit dem Taxi aus dem Krankenhaus zurück. Er erzählte es mir, so, wie er über viele Dinge spricht, ganz nebenbei, als spräche er zu sich selbst:

›Ich glaube, Louise ist schwanger.‹«

»Welchen Eindruck machte er da?«

»Keinen besonderen. Eher ironisch, wie es seine Art war. Schauen Sie, es gibt viele Dinge, denen die Leute eine Bedeutung beimessen, die für ihn nicht existiert.«

»Mich überrascht, dass er am Samstag darüber sprechen konnte, wo Lulu es doch erst am Montagabend gegen sechs sicher wusste.«

»Sie vergessen, dass er Arzt ist und mit ihr schlief.«

»Glauben Sie, dass er auch mit seiner Frau darüber gesprochen hat?«

»Wohl kaum.«

»Angenommen, Louise Filon hätte sich in den Kopf gesetzt, ihn zu heiraten.«

»Ich glaube nicht, dass sie auf die Idee gekommen wäre. Und selbst dann hätte er sie nicht umgebracht. Sie sind auf der falschen Fährte, Herr Kommissar. Ich behaupte nicht, dass Sie den wahren

Schuldigen freigelassen haben. Denn ich sehe auch nicht, warum dieser Pierrot das Mädchen hätte töten sollen.«

»Aus Liebe, falls sie ihm angedroht hat, Schluss zu machen.«

Sie zuckte mit den Achseln.

»Das klingt weit hergeholt.«

»Haben Sie eine Meinung?«

»Ich lege Wert darauf, keine zu haben.«

Er stand auf, um seine Pfeife im Kamin zu leeren, und unwillkürlich, als wäre er bei sich zu Hause, griff er nach der Zange, um die Holzscheite zurechtzurücken.

»Denken Sie an seine Frau?«, fragte er in gleichgültigem Ton, ihr den Rücken zuwendend.

»Ich denke an niemanden.«

»Sie mögen sie nicht?«

Wie hätte sie sie mögen können? Germaine Gouin war eine einfache Krankenschwester, eine Fischerstochter, die von heute auf morgen die Ehefrau des Professors geworden war, während Lucile Decaux, die ihm ihr Leben geopfert hatte und befähigt war, ihm bei seiner Arbeit zu helfen, nur seine Assistentin war. Jeden Abend, wenn sie vom Krankenhaus kamen, stieg sie mit ihm aus dem Taxi, um sich auf der Schwelle von ihm zu verabschieden und in ihre Wohnung in der Rue des Acacias zurückzukehren, während er zu seiner Frau ging.

»Verdächtigen Sie sie, Mademoiselle Decaux?«

»Das habe ich nie gesagt.«

»Aber gedacht?«

»Ich denke, dass Sie mich zwar fragen, was mein Chef am Montagabend getan hat, sich aber nicht darum kümmern, was seine Frau getan hat.«

»Woher wollen Sie das wissen?«

»Haben Sie mit ihr gesprochen?«

»Ich habe zumindest erfahren, dass sie den Abend mit ihrer Schwester verbracht hat. Sie kennen Antoinette?«

»Nicht persönlich. Der Professor hat mir von ihr erzählt.«

»Er mag sie nicht?«

»Sie hat ihn gehasst. Er hat mir einmal gesagt, dass er bei jeder Begegnung damit rechnet, dass sie ihm ins Gesicht spuckt.«

»Über Madame Gouin wissen Sie sonst nichts?«

»Gar nichts«, erwiderte sie trocken.

»Hat sie einen Geliebten?«

»Nicht dass ich wüsste. Außerdem geht mich das nichts an.«

»Falls sie schuldig wäre, glauben Sie, sie könnte dabei zusehen, wie man ihren Mann verurteilt?«

Da sie schwieg, kam Maigret nicht umhin zu lächeln.

»Geben Sie zu, dass es Sie nicht stören würde, wenn wir herausfänden, dass sie Lulu getötet hat.«

»Ich weiß bloß, dass der Professor sie nicht getötet hat.«

»Hat er mit Ihnen über den Mord gesprochen?«

»Nicht am Dienstagmorgen. Da wusste er noch nichts. Am Nachmittag hat er mir beiläufig gesagt, dass die Polizei ihn sicher anrufen und um ein Gespräch bitten wird.«

»Und seitdem?«

»Hat er nicht mehr davon gesprochen.«

»Hat ihn Louise' Tod nicht berührt?«

»Wenn er bekümmert war, so hat er sich jedenfalls nichts anmerken lassen. Er ist so wie immer.«

»Ich vermute, dass Sie mir nichts mehr zu sagen haben? Hat er mit Ihnen je über Pierre Eyraud gesprochen, den Musiker?«

»Nie.«

»Kam Ihnen nicht der Gedanke, er könnte eifersüchtig auf ihn sein?«

»Er ist nicht der Mann, der auf irgendwas oder irgendwen eifersüchtig ist.«

»Ich danke Ihnen, meine Liebe. Es tut mir leid, dass Sie mit dem Abendessen warten mussten. Falls Ihnen noch ein interessantes Detail in den Sinn kommt, rufen Sie mich an.«

»Werden Sie meinen Chef nicht aufsuchen?«

»Ich weiß noch nicht. Ist er heute Abend zu Hause?«

»Es ist sein einziger freier Abend in der Woche.«

»Was tut er dann?«

»Arbeiten, wie immer. Er muss die Druckfahnen seines Buches durchsehen.«

Maigret warf sich seufzend seinen Mantel über.

»Sie sind ein merkwürdiges Mädchen«, murmelte er wie zu sich selbst.

»An mir ist nichts Besonderes.«

»Schönen Abend.«

»Schönen Abend, Monsieur Maigret.«

Sie begleitete ihn bis zum Treppenabsatz und sah ihm nach, als er hinunterging. Draußen stieg er in das schwarze Auto, dessen Fahrer ihm die Tür aufhielt.

Beinahe hätte er sich in die Avenue Carnot bringen lassen. Früher oder später müsste er sich zu einem Treffen mit Gouin entschließen. Warum schob er es immer wieder hinaus? Er schien ihn ständig zu umkreisen, ohne sich ihm zu nähern, als würde ihn Gouin einschüchtern.

»Zum Quai!«

Der Professor aß jetzt wohl mit seiner Frau zu Abend. Beim Vorbeifahren sah Maigret, dass im rechten Flügel der Wohnung kein Licht brannte.

In mindestens einem Punkt täuschte sich die Assistentin. Die Beziehungen der Gouins waren nicht so kühl, wie sie dachte. Lucile Decaux behauptete, dass ihr Chef mit seiner Frau nicht über seine Affären sprach. Nun hatte aber Madame Gouin dem

Kommissar Details geliefert, die sie nur durch ihren Mann kennen konnte.

Hatte er ihr auch gesagt, dass er glaubte, Lulu sei schwanger?

Er ließ den Wagen ein Stück weiter oben in der Avenue halten, vor dem Bistro, in dem er schon mal einen Grog getrunken hatte. Heute aber war es nicht so kalt, und er bestellte einen Marc, nicht weil es die richtige Tageszeit dafür war, sondern nur deshalb, weil er am Vorabend dasselbe getrunken hatte. Man zog ihn am Quai des Orfèvres wegen dieser Macke auf. Wenn er beispielsweise eine Untersuchung mit Calvados begann, setzte er sie mit Calvados fort. So hatte es auch Bier- und Rotweinuntersuchungen gegeben, einmal sogar eine Whiskyuntersuchung.

Er wollte im Büro anrufen und fragen, ob es Neuigkeiten gab, und dann direkt nach Hause fahren. Er änderte seine Meinung nur, weil die Telefonkabine besetzt war.

Während der Fahrt sagte er kein Wort.

»Brauchen Sie mich noch?«, fragte der Fahrer, als sie im Hof der Kriminalpolizei hielten.

»Du kannst mich in ein paar Minuten zum Boulevard Richard Lenoir fahren, wenn dein Dienst noch nicht zu Ende ist.«

»Ich hör erst um acht auf.«

Er ging hinauf und schaltete das Licht in seinem

Büro an. Sofort öffnete sich die Verbindungstür; Lucas kam herein.

»Janin hat angerufen. Er ist verärgert, weil ihm niemand gesagt hat, dass Pierrot gefunden wurde.«

Keiner hatte an Inspektor Janin gedacht, der die ganze Zeit das Chapelle-Viertel abgesucht hatte, bis er aus der Zeitung erfuhr, dass Maigret den Musiker verhört und freigelassen hatte.

»Er fragt, ob er ihn im Auge behalten soll.«

»Das lohnt nicht mehr. Sonst nichts?«

Lucas setzte gerade an, als das Telefon klingelte. Maigret nahm ab.

»Kommissar Maigret am Apparat«, sagte er und runzelte die Stirn.

»Hier ist Etienne Gouin«, kam es vom anderen Ende der Leitung.

»Ich höre.«

»Ich erfahre, dass Sie gerade meine Assistentin befragt haben.«

Lucile Decaux hatte ihren Chef angerufen, um ihn auf dem Laufenden zu halten.

»Das stimmt«, sagte Maigret.

»Es wäre mir angemessener erschienen, wenn Sie sich direkt an mich gewendet hätten, um Informationen über meine Person einzuholen.«

Lucas hatte den Eindruck, dass sich Maigret zusammenreißen musste, um nicht die Contenance zu verlieren.

»Das ist Ansichtssache«, erwiderte er ziemlich schroff.

»Sie wissen, wo ich wohne.«

»In der Tat. Ich komme zu Ihnen.«

Schweigen am anderen Ende der Leitung. Der Kommissar nahm schwach eine Frauenstimme wahr. Das war vermutlich Madame Gouin, die etwas zu ihrem Mann sagte, worauf dieser fragte:

»Wann?«

»In einer Stunde oder eineinhalb. Ich habe noch nicht zu Abend gegessen.«

»Ich werde auf Sie warten.«

Er legte auf.

»Der Professor?«, fragte Lucas.

Maigret nickte.

»Was will er?«

»Er möchte befragt werden. Hast du Zeit?«

»Um Sie zu begleiten?«

»Ja, aber vorher essen wir eine Kleinigkeit.«

Sie aßen in der Brasserie Dauphine, an dem Tisch, an dem der Kommissar so oft mittags und abends gegessen hatte, dass er »Maigrets Tisch« genannt wurde.

Während des gesamten Essens sprach der Kommissar kein Wort.

8

Im Lauf seiner Karriere hatte Maigret Tausende, ja Hunderttausende Menschen befragt, manche, die wichtige Positionen innehatten, andere, die für ihren Reichtum berühmt waren, und solche, die zu den intelligentesten internationalen Verbrechern zählten.

Dieser Befragung nun aber maß er eine größere Bedeutung bei als irgendeiner zuvor, und es waren weder Gouins gesellschaftliche Stellung noch sein weltweiter Ruhm, die ihn beeindruckten.

Er spürte sehr wohl, dass sich Lucas seit Beginn der Ermittlungen fragte, warum er dem Professor nicht geradeheraus ein paar klare Fragen stellte, und auch jetzt verunsicherte den guten Lucas die Laune seines Chefs. Die Wahrheit konnte Maigret weder ihm noch irgendwem sonst gestehen, nicht einmal seiner Frau. Offen gesagt wagte er es nicht einmal, sie in Gedanken zu formulieren.

Was er über Gouin wusste, was er über ihn erfahren hatte, beeindruckte ihn, ja. Doch aus einem Grund, auf den wahrscheinlich niemand gekommen wäre.

Maigret war wie der Professor in einem kleinen Dorf in Zentralfrankreich geboren, und wie er war er früh auf sich allein gestellt gewesen.

Hatte Maigret nicht ein Medizinstudium begonnen? Hätte er weiterstudieren können, wäre er wahrscheinlich nicht Chirurg geworden, weil ihm die nötige Fingerfertigkeit fehlte. Trotzdem hatte er den Eindruck, dass es zwischen ihm und Lulus Geliebten Gemeinsamkeiten gab.

Das war anmaßend von ihm, und deshalb dachte er lieber nicht weiter daran. Sie beide hatten, schien ihm, eine ganz ähnliche Sicht auf die Menschen und das Leben.

Aber nicht die gleiche und vor allem nicht die gleichen Reaktionen. Sie waren eher Gegensätze, aber Gegensätze auf einem Niveau.

Was er über Gouin wusste, verdankte er den Äußerungen und der Haltung von fünf verschiedenen Frauen. Ansonsten hatte er nur einmal seine Gestalt auf dem Gehweg in der Avenue Carnot gesehen und ein Foto von ihm über einem Kamin. Am aufschlussreichsten war sicher der kurze telefonische Bericht Janviers über seinen Auftritt in Louise Filons Wohnung gewesen.

Er würde gleich erfahren, ob er unrecht hatte. Er hatte sich so gut wie möglich vorbereitet, und wenn er Lucas mitnahm, dann nicht, weil er Unterstützung brauchte, sondern um der Begegnung einen offizielleren Charakter zu geben und vielleicht auch, um sich selbst daran zu erinnern, dass er als Kriminalkommissar in die Avenue Carnot ging und nicht als ein Mensch, der sich für einen anderen Menschen interessierte.

Er hatte Wein zum Essen getrunken. Als der Kellner ihn gefragt hatte, ob er etwas Stärkeres wolle, hatte er einen alten Marc de Bourgogne bestellt, was dazu führte, dass ihm jetzt im Auto ziemlich warm war.

Die Avenue Carnot lag verlassen und friedlich da, matt schimmerte das Licht hinter den Vorhängen. Als er an der Loge vorbeiging, meinte er einen vorwurfsvollen Blick der Concierge zu spüren.

Die beiden Männer nahmen den Aufzug. Im Haus war es still, als hätte es sich ganz auf sich und seine Geheimnisse zurückgezogen.

Es war zwanzig vor neun, als Maigret an dem Griff aus poliertem Messing zog und eine elektrische Klingel auslöste. Schritte näherten sich. Ein ziemlich junges, recht apartes Dienstmädchen, das über seinem schwarzen Kleid eine hübsche Schürze trug, öffnete die Tür und sagte:

»Wenn die Herren ablegen wollen …«

Er fragte sich, ob Gouin sie im Salon, also gewissermaßen im Privatbereich der Wohnung empfangen würde. Er bekam darauf nicht sofort Antwort. Das Mädchen verstaute die Mäntel in einem

Schrank, führte die Besucher in ein Vorzimmer und verschwand.

Sie kehrte nicht zurück, stattdessen kam Gouin, der jetzt noch größer und knochiger wirkte. Er sah sie kaum an und murmelte nur:

»Wollen Sie mir bitte folgen?«

Er ging voraus, durch einen Flur, der in die Bibliothek führte. Die Wände waren fast vollständig mit Einbänden bedeckt. Weiches Licht erhellte den Raum, und im Kamin, der viel größer war als der bei Lucile Decaux, brannten Holzscheite.

»Setzen Sie sich.«

Er deutete auf die Sessel und nahm selbst Platz. Das alles zählte nicht. Sie hatten einander noch nicht angesehen. Lucas, der sich ohnehin überflüssig fühlte, war jetzt noch unbehaglicher zumute, da der Sessel für seine kurzen Beine viel zu tief war und er dicht am Feuer saß.

»Ich dachte, Sie kämen allein.«

Maigret stellte seinen Mitarbeiter vor.

»Ich habe Inspektor Lucas mitgenommen. Er wird sich ein paar Notizen machen.«

In diesem Augenblick kreuzten sich ihre Blicke zum ersten Mal, und Maigret las etwas wie einen Vorwurf in den Augen des Professors. Vielleicht sogar, Maigret war sich nicht sicher, eine gewisse Enttäuschung? Das war schwierig zu beurteilen, weil Gouin äußerlich recht gewöhnlich wirkte. Gewissen Bühnenkünstlern vergleichbar, Bass-Sängern vor allem, die auch so einen massigen, knochigen Körper, ausgeprägte Gesichtszüge und Tränensäcke haben.

Die Augen waren hell, klein und ohne besonderen Glanz, und dennoch war sein Blick durchdringend.

Maigret hätte, als dieser Blick auf ihm ruhte, geschworen, dass Gouin ebenso neugierig auf ihn war wie er auf den Professor.

Fand er ihn auch gewöhnlicher, als er ihn sich vorgestellt hatte?

Lucas hatte ein Notizbuch und einen Stift aus der Tasche gezogen, was ihm wieder Haltung gab.

Noch ließ sich nicht absehen, in welchem Ton die Unterhaltung geführt werden würde, und Maigret war darauf bedacht, vorerst zu schweigen und abzuwarten.

»Denken Sie nicht, Monsieur Maigret, dass es vernünftiger gewesen wäre, wenn Sie sich direkt an mich gewandt hätten, anstatt dieses arme Mädchen zu belästigen?«

Sein Ton war ganz natürlich, eintönig, als spräche er von banalen Dingen.

»Sie meinen Mademoiselle Decaux? Sie schien mir nicht im Geringsten verunsichert. Ich nehme an, dass sie Sie, nachdem ich fort war, angerufen hat?«

»Sie hat die Fragen, die Sie gestellt haben, und ihre Antworten wiederholt. Sie dachte, das sei wichtig. Frauen haben ständig das Bedürfnis, sich ihrer Wichtigkeit zu vergewissern.«

»Lucile Decaux ist Ihre engste Mitarbeiterin, ja?«

»Sie ist meine Assistentin.«

»Und auch Ihre Sekretärin, oder?«

»Das stimmt. Sie wird Ihnen wohl auch gesagt haben, dass sie mich überallhin begleitet. Deshalb denkt sie, sie spielt eine wichtige Rolle in meinem Leben.«

»Ist sie verliebt in Sie?«

»Wie sie es in jeden Chef wäre, vorausgesetzt, er ist berühmt.«

»Sie scheint Ihnen so ergeben zu sein, dass sie wohl notfalls auch die Unwahrheit sagen würde, um Ihnen aus einer Verlegenheit zu helfen.«

»Das würde sie ohne Zögern tun. Meine Frau hat ja auch schon Kontakt zu Ihnen aufgenommen.«

»Das hat sie Ihnen gesagt?«

»Genauso wie Lucile hat sie mir die kleinsten Einzelheiten Ihrer Unterhaltung wiedergegeben.«

Er sprach von seiner Frau im gleichen gleichgültigen Ton wie eben über seine Assistentin. In seiner Stimme lag keinerlei Wärme. Er stellte Tatsachen fest, schilderte sie, ohne ihnen einen Gefühlswert zu geben.

Die kleinen Leute, die mit ihm in Berührung kamen, mussten von seiner Natürlichkeit begeistert sein. Nichts war Pose bei ihm, und es kümmerte ihn nicht im Geringsten, welche Wirkung er auf andere hatte.

Man begegnet nur selten Menschen, die nicht eine Rolle spielen, sie tun es selbst dann noch, wenn sie mit sich allein sind. Die meisten haben das Bedürfnis, sich selbst agieren zu sehen, sich selbst reden zu hören.

Gouin nicht. Er war ganz und gar er selbst und gab sich keine Mühe, seine Gefühle zu verbergen.

Als er von Lucile Decaux gesprochen hatte, wollten seine Worte und seine Haltung ausdrücken:

»Was sie für Ergebenheit hält, ist nur eine Art Eitelkeit, das Bedürfnis, sich selbst für außergewöhnlich zu halten. Jede meiner Studentinnen würde sich wie sie verhalten. So macht sie ihr Leben interessant, und wahrscheinlich stellt sie sich vor, ich sei ihr zu Dank verpflichtet.«

Er wurde nicht deutlicher, weil er glaubte, dass Maigret es von allein begreifen, er mit ihm von gleich zu gleich sprechen konnte.

»Ich habe Ihnen noch nicht gesagt, warum ich Sie heute Abend angerufen und hergebeten habe. Ganz unabhängig davon, hatte ich den Wunsch, Sie kennenzulernen.«

Er war ein Mann, ein offenherziger Mann. Seitdem sie sich gegenübersaßen, hatte er den Kommissar unverhohlen beobachtet, ihn wie ein menschliches Exemplar studiert, das man besser kennenlernen will.

»Als meine Frau und ich zu Abend aßen, bekam ich einen Anruf. Von jemandem, den Sie bereits kennen, von dieser Madame Brault, die als Putzfrau bei Louise arbeitete.«

Er sagte nicht Lulu, sondern Louise, und sprach von ihr genauso sachlich wie von den anderen, da er genau wusste, dass Erklärungen überflüssig waren.

»Madame Brault bildet sich ein, dass sie über Mittel verfügt, mich zu erpressen. Sie machte keine Umschweife. Allerdings habe ich ihren ersten Satz nicht sofort verstanden. Sie sagte:

›Ich hab den Revolver, Monsieur Gouin.‹

Zuerst habe ich mich gefragt, um was für einen Revolver es sich handelt.«

»Erlauben Sie mir eine Frage?«

»Bitte.«

»Sind Sie Madame Brault schon mal begegnet?«

»Ich glaube nicht. Louise hat von ihr erzählt. Sie kannte sie, bevor sie hierherkam. Sie scheint eine merkwürdige Kreatur zu sein, war mehrfach im Gefängnis. Da sie nur vormittags in der Wohnung arbeitet und ich selten Gelegenheit hatte, zu dieser Tageszeit dort zu sein, erinnere ich mich nicht daran, sie je gesehen zu haben. Womöglich bin ich ihr auf der Treppe begegnet.«

»Erzählen Sie weiter.«

»Sie hat mir also gesagt, dass sie den Revolver auf dem Tisch gefunden hat, als sie am Montagmorgen in den Salon kam, und ...«

»Hat sie gesagt: ›auf dem Tisch‹?«

»Ja. Sie hat hinzugefügt, dass sie ihn auf dem Treppenabsatz in einem Blumentopf versteckt hat. Ihre Leute haben zwar die Wohnung durchsucht, aber nicht daran gedacht, sich vor der Tür umzusehen.«

»Das war raffiniert von ihr.«

»Kurzum, der Revolver ist in ihrem Besitz, und sie ist bereit, ihn mir für eine ordentliche Summe zurückzugeben.«

»Zurückzugeben?«

»Er gehört mir.«

»Woher wissen Sie das?«

»Sie hat ihn mir beschrieben, sogar mit Seriennummer.«

»Besitzen Sie diese Waffe schon lange?«

»Seit acht oder neun Jahren. Ich war für eine Operation in Belgien. Damals war ich noch häufiger auf Reisen. Es kam sogar vor, dass man mich in die Vereinigten Staaten oder nach Indien rief. Meine Frau hatte mir oft gesagt, sie fürchte sich, wenn sie tagelang, manchmal wochenlang allein in der Wohnung war. In dem Lütticher Hotel, wo ich abstieg, waren in einer Vitrine einheimische Waffen ausgestellt. Da kam mir die Idee, eine kleine Automatik zu kaufen. Hinzufügen möchte ich, dass ich sie nicht verzollt habe.«

Maigret lächelte.

»In welchem Zimmer war die Waffe?«

»In einer Schublade meines Schreibtisches. Dort habe ich sie zuletzt gesehen, vor einigen Monaten. Ich habe sie nie benutzt. Ich hatte sie völlig vergessen, bis ich diesen Anruf bekam.«

»Was haben Sie Madame Brault gesagt?«

»Dass sie eine Antwort bekommen würde.«

»Wann?«

»Heute Abend wahrscheinlich. Dann habe ich Sie angerufen.«

»Willst du da vorbeischauen, Lucas? Die Adresse hast du?«

»Ja, Chef.«

Lucas war beglückt, der drückenden Atmosphäre im Zimmer zu entkommen, denn obgleich die beiden Männer halblaut miteinander sprachen und scheinbar nur banale Sätze austauschten, lag eine unterschwellige Spannung in der Luft.

»Finden Sie Ihren Mantel? Soll ich das Dienstmädchen rufen?«

»Ich finde ihn auch so.«

Als die Tür ins Schloss fiel, verstummten sie für einen Moment. Maigret brach das Schweigen.

»Weiß Ihre Frau Bescheid?«

»Über Madame Braults Erpressung?«

»Ja.«

»Sie hat gehört, was ich am Telefon gesagt habe, da das Gespräch im Esszimmer stattfand. Den Rest habe ich ihr erzählt.«

»Wie hat sie reagiert?«

»Sie hat mir geraten, darauf einzugehen.«

»Haben Sie sich nicht gefragt, warum?«

»Sehen Sie, Monsieur Maigret: Ob es meine Frau ist, Lucile Decaux oder irgendeine andere, sie alle empfinden eine starke Befriedigung, wenn sie sich einreden, mir ganz ergeben zu sein. Sie wetteifern darum, wer mir mehr hilft und mich mehr beschützt.«

Er sprach ohne jede Ironie. Auch ohne Groll. Er zerlegte ihre Psyche mit derselben Gleichgültigkeit, mit der er einen Leichnam zerlegt hätte.

»Warum glauben Sie, dass meine Frau das Bedürfnis hatte, mit Ihnen zu sprechen? Um die Rolle der Ehefrau einzunehmen, die die Ruhe und die Arbeit ihres Mannes schützt.«

»Stimmt das denn nicht?«

Er sah Maigret an, ohne zu antworten.

»Ihre Frau, Herr Professor, schien mir, was Sie betrifft, ein ziemlich selten anzutreffendes Verständnis zu haben.«

»Sie hat behauptet, nicht eifersüchtig zu sein, oder?«

»Behauptet sie es nur?«

»Das hängt von dem Sinn ab, den Sie dem Wort geben. Es ist ihr wohl gleichgültig, dass ich mit anderen schlafe.«

»Selbst bei Louise Filon?«

»Anfangs ja. Vergessen Sie nicht, dass aus Germaine, die eine unbedeutende Krankenschwester war, von heute auf morgen Madame Gouin wurde.«

»Haben Sie sie geliebt?«

»Nein.«

»Warum haben Sie sie geheiratet?«

»Damit jemand im Haus ist. Die alte Frau, die sich damals um mich kümmerte, hatte nicht mehr lange zu leben. Ich bin nicht gern allein, Monsieur Maigret. Ich weiß nicht, ob Sie dieses Gefühl kennen.«

»Vielleicht haben Sie es auch besonders gern, wenn die Menschen um Sie herum Ihnen alles verdanken?«

Er widersprach nicht. Die Bemerkung schien ihm vielmehr zu gefallen.

»In gewisser Weise ja.«

»Und deshalb haben Sie sich ein Mädchen aus bescheidenen Verhältnissen ausgesucht?«

»Die anderen töten mir den Nerv.«

»Sie wusste, worauf sie sich einließ, als sie Sie heiratete?«

»Ganz genau.«

»Wann begann sie, unangenehm zu werden?«

»Sie ist nie unangenehm geworden. Sie haben sie gesehen. Sie ist perfekt, kümmert sich bewundernswert um den Haushalt, besteht nie darauf, dass wir abends ausgehen oder Freunde zum Essen einladen.«

»Wenn ich richtig verstehe, verbringt sie den Tag damit, auf Sie zu warten.«

»In etwa. Es genügt ihr, Madame Gouin zu sein und zu wissen, dass sie eines Tages Monsieur Gouins Witwe sein wird.«

»Halten Sie sie für berechnend?«

»Sagen wir, dass sie sich über das Vermögen, das ich ihr hinterlassen werde, nicht ärgern wird. Im Augenblick horcht sie an der Tür, darauf wette ich. Sie wurde unruhig, als ich Sie angerufen habe. Es wäre ihr lieber gewesen, wenn ich Sie in ihrer Gegenwart im Salon empfangen hätte.«

Er hatte seine Stimme nicht gesenkt, als er sagte, dass Germaine hinter der Tür stehe, und Maigret war sich sicher, dass im Nebenzimmer ein leises Geräusch zu hören war.

»Sie sagt, es sei ihre Idee gewesen, Louise Filon hier einzuquartieren.«

»Das stimmt. Ich hatte nicht daran gedacht, ich wusste nicht einmal, dass eine Wohnung leer stand.«

»Kam Ihnen das nicht seltsam vor?«

»Warum?«

Die Frage überraschte ihn.

»Haben Sie Louise geliebt?«

»Hören Sie, Monsieur Maigret: Sie verwenden dieses Wort jetzt zum zweiten Mal. In der Medizin kennt man es nicht.«

»Haben Sie sie gebraucht?«

»Körperlich ja. Muss ich das ausführen? Ich bin zweiundsechzig.«

»Ich weiß.«

»Das ist die ganze Geschichte.«

»Waren Sie nicht eifersüchtig auf Pierrot?«

»Es wäre mir lieber gewesen, wenn es ihn nicht gegeben hätte.«

Wie bei Lucile Decaux stand Maigret auf, um ein Holzscheit im Kamin wieder aufzurichten. Er hatte Durst. Der Professor dachte nicht daran, ihm etwas anzubieten. Der Marc, den er nach dem Essen genommen hatte, machte seinen Mund trocken, außerdem hatte er die ganze Zeit geraucht.

»Sind Sie ihm je begegnet?«, fragte er.

»Wem?«

»Pierrot.«

»Einmal. Normalerweise haben die beiden das zu vermeiden gewusst.«

»Welche Gefühle hatte Lulu für Sie?«

»Welche Gefühle wären Ihnen denn recht? Sie kennen vermutlich ihre Geschichte. Selbstverständlich sprach sie von Dankbarkeit und Zuneigung. Sie hatte keine Lust, ins Elend zurückzukehren. Das sollten Sie ja wissen. Die Menschen, die wirklich Hunger gelitten haben, die arm gewesen sind in der düstersten Bedeutung des Wortes und sich auf die eine oder andere Weise aus diesem Zustand befreien konnten, würden wirklich alles dafür tun, um nicht in ihr altes Leben zurückzufallen.«

Das stimmte. Maigret wusste das sehr wohl.

»Hat sie Pierrot geliebt?«

»Was Sie für einen Wert auf dieses Wort legen!«, seufzte der Professor resigniert. »Sie brauchte irgendetwas Sentimentales in ihrem Leben, und zudem musste sie sich Probleme schaffen. Ich habe Ihnen eben gesagt, dass Frauen das Bedürfnis haben, sich wichtig zu fühlen. Deshalb wohl komplizieren sie sich ihr Leben, stellen sich Fragen und bilden sich immer ein, eine Wahl zu haben.«

»Eine Wahl?«, fragte Maigret mit einem angedeuteten Lächeln, um sein Gegenüber zu nötigen, deutlicher zu werden.

»Louise bildete sich ein, die Wahl zwischen dem Musiker und mir zu haben.«

»Und die hatte sie nicht?«

»In Wirklichkeit nicht. Ich sagte Ihnen schon, weshalb.«

»Hat sie nie gedroht, Sie zu verlassen?«

»Es kam vor, dass sie von ihrer Unsicherheit sprach.«

»Hatten Sie Angst, dass das passieren würde?«

»Nein.«

»Sie hat auch keine Heirat angestrebt?«

»So weit gingen ihre Ambitionen nicht. Ich bin davon überzeugt, dass es sie ein wenig erschreckt hätte, Madame Gouin zu werden. Was sie brauchte, war Sicherheit. Eine warme Wohnung, drei Mahlzeiten am Tag, ordentliche Kleidung.«

»Was wäre passiert, wenn Sie gestorben wären?«

»Ich hatte eine Lebensversicherung zu ihren Gunsten abgeschlossen.«

»Haben Sie auch eine für Lucile Decaux abgeschlossen?«

»Nein. Das ist unnötig. Nach meinem Tod wird sie sich an meinen Nachfolger klammern, so wie sie sich an mich geklammert hat. In ihrem Leben wird sich nichts verändern.«

Das Telefon unterbrach sie. Gouin wollte aufstehen, um abzunehmen, hielt dann aber inne.

»Das muss Ihr Inspektor sein, oder?«

Es war wirklich Lucas, der vom Kommissariat Batignolles anrief, das in der Nähe von Desirée Braults Wohnung lag.

»Ich hab die Waffe, Chef. Zuerst hat sie behauptet, sie wisse nicht, wovon ich rede.«

»Was hast du mit ihr gemacht?«

»Ich hab sie bei mir.«

»Lass sie zum Quai bringen. Wo hat sie den Revolver gefunden?«

»Sie sagt immer noch, er habe auf dem Tisch gelegen.«

»Woraus hat sie geschlossen, dass er dem Professor gehört?«

»Ihrer Meinung nach ist das offensichtlich. Mehr sagt sie nicht. Sie ist wütend. Sie hat versucht, mich zu kratzen. Was sagt er?«

»Noch nichts Entscheidendes. Wir plaudern.«

»Soll ich zurückkommen?«

»Geh zuerst ins Labor, um sicherzustellen, dass auf der Waffe keine Fingerabdrücke sind. So kannst du deine Verhaftete gleich mitnehmen.«

»Gut, Chef«, seufzte Lucas ohne Begeisterung.

Endlich dachte Gouin daran, ihm etwas zu trinken anzubieten.

»Wie wäre es mit einem Cognac?«

»Gern.«

Er drückte auf eine Klingel. Das Mädchen, das Maigret und Lucas eingelassen hatte, kam sofort.

»Den Cognac!«

Sie redeten nicht, während sie warteten. Als sie zurückkehrte, stand nur ein Glas auf dem Tablett.

»Sie entschuldigen, aber ich trinke nie«, sagte der Professor, während Maigret sich einschenkte.

Er tat es nicht aus Tugendhaftigkeit und wahrscheinlich auch nicht, um Diät zu halten, sondern weil er es nicht brauchte.

9

Maigret ließ sich Zeit. Das Glas in der Hand betrachtete er das Gesicht des Professors, der ihn seinerseits ruhig ansah.

»Die Concierge ist Ihnen auch zu Dank verpflichtet, oder? Wenn ich mich nicht irre, haben Sie ihren Sohn gerettet.«

»Ich erwarte von niemandem Dank.«

»Trotzdem, auch sie ist Ihnen ergeben und wäre bereit zu lügen, um Ihnen zu helfen, genau wie Lucile Decaux.«

»Sicherlich. Es ist immer angenehm, sich für einen Helden zu halten.«

»Fühlen Sie sich manchmal nicht einsam in der Welt, wie Sie sie sehen?«

»Der Mensch ist einsam, egal, was er darüber denkt. Es genügt, das ein für alle Mal zu akzeptieren und sich damit abzufinden.«

»Ich dachte, Sie fürchten die Einsamkeit?«

»Ich habe nicht von dieser Einsamkeit gesprochen. Sagen wir, wenn Ihnen das lieber ist, dass mir die Leere Angst macht. Ich bin nicht gern allein in einer Wohnung, auf der Straße oder in einem Wagen. Es handelt sich um eine physische Einsamkeit, nicht um eine seelische.«

»Haben Sie Angst vor dem Tod?«

»Tot zu sein ist mir gleichgültig. Ich hasse das, was der Tod mit sich bringt. In Ihrem Metier, Herr Kommissar, sind Sie all dem ja fast so oft begegnet wie ich.«

Er wusste genau, dass das sein wunder Punkt war, dass diese Angst, allein zu sterben, die kleine Schwäche war, die aus ihm trotz allem einen Menschen wie alle anderen machte. Er schämte sich dessen nicht.

»Seit meinem letzten Herzanfall bin ich fast nie allein gewesen. Medizinisch gesehen hat das keinen Nutzen, doch es beruhigt mich, so seltsam es scheinen mag, wenn jemand bei mir ist. Als ich einmal allein in der Stadt unterwegs war und ich ein leichtes Unwohlsein verspürte, bin ich in die erstbeste Bar gegangen.«

Das war der Moment, den Maigret wählte, um die Frage zu stellen, die er seit Langem in der Hinterhand hielt.

»Wie haben Sie reagiert, als Sie merkten, dass Louise schwanger war?«

Er wirkte überrascht, nicht weil davon gesprochen wurde, sondern weil das als mögliches Problem angesehen wurde.

»Gar nicht«, sagte er schlicht.

»Hat sie es Ihnen nicht gesagt?«

»Nein. Ich vermute, dass sie es noch nicht wusste.«

»Sie hat es am Montag gegen sechs Uhr erfahren. Sie haben sie kurz darauf gesehen, und sie hat nichts gesagt?«

»Nur, dass sie sich nicht wohlfühle und zu Bett gehen wolle.«

»Haben Sie gedacht, das Kind sei von Ihnen?«

»Ich habe nichts in dieser Richtung gedacht.«

»Sie hatten nie Kinder?«

»Nicht dass ich wüsste.«

»Und Sie haben sich auch nie welche gewünscht?«

Seine Antwort schockierte Maigret, der sich seit dreißig Jahren so sehr wünschte, Vater zu sein.

»Aus welchem Grund?«, fragte der Professor.

»So was!«

»Was meinen Sie?«

»Nichts.«

»Manche Leute, die am Leben gar kein ernsthaftes Interesse haben, bilden sich ein, dass ein Kind ihnen Bedeutung geben könnte, eine Art Nützlichkeit, und sie so etwas hinterlassen würden. Auf mich trifft das nicht zu.«

»Glauben Sie nicht, dass sich Lulu angesichts Ihres Alters und des Alters ihres Geliebten gedacht hat, das Kind sei von Pierrot?«

»Biologisch gesehen hat das nichts zu sagen.«

»Ich rede davon, was in ihrem Kopf vorging.«

»Das ist möglich.«

»Wäre das nicht Grund genug gewesen, Sie zu verlassen und zu Pierrot zu gehen?«

Er zögerte nicht.

»Nein«, erwiderte er, immer noch wie jemand, der sich im Besitz der Wahrheit glaubt. »Sie hätte mir gegenüber behauptet, das Kind sei von mir.«

»Hätten Sie es anerkannt?«

»Warum nicht?«

»Selbst wenn Sie an Ihrer Vaterschaft gezweifelt hätten?«

»Welchen Unterschied macht das? Ein Kind ist so viel wert wie ein anderes.«

»Hätten Sie die Mutter geheiratet?«

»Warum hätte ich das tun sollen?«

»Sie glauben also nicht, dass sie auf die Ehe gedrängt hätte?«

»Selbst wenn, sie hätte damit keinen Erfolg gehabt.«

»Weil Sie Ihre Frau nicht verlassen wollen?«

»Weil ich solche Komplikationen einfach lächerlich finde. Ich antworte Ihnen freimütig, weil ich Ihnen zutraue, mich zu verstehen.«

»Haben Sie darüber mit Ihrer Frau gesprochen?«

»Am Sonntagnachmittag, soweit ich mich erinnere. Ja, es war am Sonntag. Ich habe den Nachmittag teilweise zu Hause verbracht.«

»Warum haben Sie es ihr erzählt?«

»Ich habe es auch meiner Assistentin erzählt.«

»Ich weiß.«

»Und?«

Er hatte recht, Maigret verstand ihn. In der Art, wie der Professor von den Menschen, nein, besser von den Frauen, die ihn umgaben, sprach, lag etwas schrecklich Hochmütiges und zugleich etwas Tragisches. Er nahm sie, wie sie waren, ohne jede Illusion, und verlangte von ihnen nur das, was sie ihm geben konnten. In seinen Augen waren sie kaum mehr als leblose Gegenstände.

Er machte sich auch nicht die Mühe, ihnen etwas zu verschweigen. Welche Bedeutung hatte das schon? Er konnte laut denken, ohne sich um ihre Reaktionen kümmern zu müssen oder gar darum, was sie ihrerseits denken oder fühlen mochten.

»Was hat Ihre Frau gesagt?«

»Sie hat mich gefragt, was ich tun würde.«

»Haben Sie ihr geantwortet, dass Sie das Kind anerkennen würden?«

Er nickte.

»Ihnen kam nicht der Gedanke, dass diese Enthüllung sie wütend machen könnte?«

»Vielleicht.«

Diesmal bemerkte Maigret bei seinem Gesprächspartner etwas, was sich bis dahin noch nicht abgezeichnet hatte oder was er noch nicht hatte entschlüsseln können. In der Stimme des Professors hatte eine geheime Genugtuung gelegen.

»Sie haben es ganz bewusst getan?«

»Mit ihr darüber zu reden?«

Maigret war überzeugt, dass Gouin lieber nicht gelächelt hätte, lieber ungerührt geblieben wäre, aber es war stärker als er, und zum ersten Mal verzogen sich seine Lippen auf seltsame Weise.

»Es hat Ihnen also nichts ausgemacht, Ihre Frau und Ihre Assistentin in Aufruhr zu versetzen?«

Die Art, wie Gouin schwieg, kam einem Geständnis gleich.

»Hätten beide nicht auf die Idee kommen können, Louise umzubringen?«

»Dieser Gedanke war ihnen wohl seit Langem mehr oder weniger vertraut. Beide hassten Louise. Ich kenne niemanden, der sich nicht schon mal den Tod eines anderen Menschen gewünscht hätte. Diejenigen, die fähig sind, ihre Gedanken in die Tat umzusetzen, sind jedoch selten. Zum Glück für Sie, Herr Kommissar!«

All das war richtig. Dieses Gespräch war wirklich atemberaubend. Was der Professor bislang gesagt hatte, entsprach im Grunde Maigrets Gedanken. Ihre Ansichten über die Menschen und ihre Motive waren gar nicht so unterschiedlich.

Unterschiedlich war ihre Haltung.

Gouin bediente sich nur dessen, was Maigret

»kalte Vernunft« genannt hätte. Der Kommissar hingegen versuchte …

Er hätte kaum sagen können, was er versuchte. Die Menschen zu verstehen gab ihm vielleicht ein Gefühl, das nicht nur Mitleid, sondern eine Art Zuneigung war.

Gouin betrachtete sie von oben herab.

Maigret begab sich auf ihre Ebene.

»Louise Filon wurde umgebracht«, sagte er langsam.

»Das ist eine Tatsache. Jemand ist bis zum Äußersten gegangen.«

»Haben Sie sich gefragt, wer?«

»Das ist Ihre Aufgabe, nicht meine.«

»Haben Sie daran gedacht, dass Sie das sein konnten?«

»Gewiss. Ich wusste noch nicht, dass meine Frau mit Ihnen gesprochen hatte, und ich war überrascht, dass Sie nicht zu mir kamen. Die Concierge hatte mich vorgewarnt, dass von mir die Rede war.«

Sie also auch! Und Gouin nahm das als Bringschuld!

»Am Montagabend sind Sie ins Cochin gefahren, aber nur eine halbe Stunde am Bett des Patienten geblieben.«

»Ich ging in ein Zimmer im vierten Stock, um mich hinzulegen.«

»Sie waren da allein, und nichts hinderte Sie daran,

das Krankenhaus unbemerkt zu verlassen, mit dem Taxi hierher zu kommen und dann in das Zimmer zurückzukehren.«

»Wann soll das Ihrer Meinung nach stattgefunden haben?«

»Zwischen neun und elf natürlich.«

»Wann war Pierre Eyraud bei Louise?«

»Um Viertel vor zehn.«

»Ich hätte Louise also danach umbringen müssen?«

Maigret nickte.

»Bedenkt man die Fahrtdauer, wäre ich also zwischen zehn und halb elf nicht im Krankenhaus gewesen.«

Maigret rechnete nach. Die Überlegung des Professors war logisch. Und plötzlich war der Kommissar enttäuscht. Etwas lief nicht so, wie er es vorhergesehen hatte. Er wartete ab, hörte kaum zu, was sein Gegenüber ihm sagte.

»Um fünf nach zehn, Monsieur Maigret, kam einer meiner Kollegen, Doktor Lanvin, nach einer Konsultation zu mir hoch. Er war sich bei seiner Diagnose unsicher und bat mich, kurz mitzukommen. Ich ging hinunter in den dritten Stock. Das konnten Ihnen weder meine Assistentin noch mein Personal sagen, denn sie wussten nichts davon.

Es handelt sich nicht um die Aussage einer Frau,

die mir beispringen will, sondern um fünf oder sechs Personen, darunter der Patient, der mich zuvor nie gesehen hatte und wahrscheinlich nicht mal meinen Namen kennt.«

»Ich habe nie gedacht, dass Sie Lulu getötet hätten.«

Er nannte sie absichtlich bei dem Namen, der dem Professor zu missfallen schien. Auch er hatte jetzt das Verlangen, grausam zu sein.

»Ich hatte nur damit gerechnet, dass Sie versuchen würden, die Person zu decken, die sie umgebracht hat.«

Das hatte gesessen. Eine leichte Röte überzog Gouins Wangen, und für einen Moment wandte er den Blick von Maigret ab.

Es klingelte an der Wohnungstür. Es war Lucas mit einem Päckchen in der Hand, den das Dienstmädchen in den Salon führte.

»Keine Fingerabdrücke«, sagte er, während er die Waffe auspackte und sie seinem Chef reichte.

Er sah die beiden Männer an, überrascht von der Ruhe, die herrschte, und davon, dass er sie genau an derselben Stelle und in derselben Haltung antraf, als hätte die Zeit stillgestanden, während er in der Stadt unterwegs war.

»Das ist also Ihr Revolver, Monsieur Gouin?«

Es war eine Modewaffe mit vernickeltem Lauf und Perlmuttgriff, und wenn man den Schuss nicht aus nächster Nähe abgegeben hätte, wäre wohl kein großer Schaden entstanden.

»Im Magazin fehlt eine Kugel«, erläuterte Lucas. »Ich habe Gastinne-Renette angerufen, der morgen die üblichen Untersuchungen durchführen wird. Doch er ist schon jetzt überzeugt, dass es die Tatwaffe ist.«

»Ich vermute, Monsieur Gouin, dass sowohl Ihre Frau als auch Ihre Assistentin Zugang zu Ihrer Schreibtischschublade hatten. Sie war nicht abgeschlossen, oder?«

»Ich schließe nie etwas ab.«

Auch das hatte mit seiner Menschenverachtung zu tun. Er hatte nichts zu verbergen, und es machte ihm wenig aus, wenn man in seinen persönlichen Unterlagen herumkramte.

»Waren Sie am Montagabend nicht überrascht, als Sie Ihre Schwägerin in der Wohnung antrafen?«

»Normalerweise geht sie mir aus dem Weg.«

»Ich vermute, sie hasst Sie?«

»Auch das ist eine Möglichkeit, sein Leben interessant zu gestalten.«

»Ihre Frau hat mir gesagt, dass ihre Schwester in der Gegend war und spontan vorbeikam.«

»Das ist möglich.«

»Als ich dann Antoinette befragte, erklärte sie mir, dass ihre Schwester sie angerufen und um einen Besuch gebeten hatte.«

Gouin hörte aufmerksam zu, ohne irgendeine Regung zu zeigen. Mit übereinandergeschlagenen Beinen war er in seinem Sessel versunken, er hatte die Hände gefaltet, und Maigret war erstaunt, wie lang seine Finger waren, so feingliedrig wie die eines Pianisten.

»Setz dich, Lucas.«

»Möchten Sie, dass ich Ihrem Inspektor ein Glas bringen lasse?«

Lucas schüttelte den Kopf.

»Es gibt noch eine Aussage Ihrer Frau, die ich überprüfen muss, und da können nur Sie mir helfen.«

Der Professor signalisierte ihm, dass er auf die Frage wartete.

»Sie hätten vor einiger Zeit einen Herzanfall gehabt, als Sie gerade in Lulus Wohnung waren.«

»Das stimmt. Etwas übertrieben, aber wahr.«

»Stimmt es auch, dass Ihre Geliebte in ihrer Angst Ihre Frau gerufen hat?«

Gouin wirkte überrascht.

»Wer hat das gesagt?«

»Das ist nicht wichtig. Stimmt es?«

»Nicht ganz.«

»Sie sind sich doch im Klaren, dass Ihre Antwort von enormer Wichtigkeit ist?«

»Das merke ich an der Art und Weise, wie Sie die Frage stellen, aber ich weiß nicht, warum. Ich habe mich in dieser Nacht nicht gut gefühlt. Ich habe Louise gebeten, nach oben zu gehen und aus meinem Badezimmer ein Medikamentenröhrchen zu holen. Was sie getan hat. Meine Frau hat ihr aufgemacht, denn die Angestellten, deren Zimmer im sechsten Stock sind, waren schon im Bett.«

»Sie sind gemeinsam hinuntergegangen?«

»Ja. Nur war der Anfall inzwischen vorüber, und ich hatte die Wohnung bereits verlassen. Ich trat gerade aus der Tür, als Louise und meine Frau auftauchten, beide im Nachthemd.«

»Einen Moment, bitte.«

Maigret sagte mit leiser Stimme etwas zu Lucas, der daraufhin den Raum verließ.

Gouin fragte nicht nach und wirkte nicht überrascht.

»Stand die Tür hinter Ihnen weit offen?«

»Sie war angelehnt.«

Maigret wäre es lieber gewesen, wenn Gouin gelogen hätte. Seit einer Stunde schon hätte er Gouin zu gern bei einer Lüge ertappt, aber er war von schonungsloser Aufrichtigkeit.

»Sind Sie sicher?«

Er gab ihm eine letzte Chance.

»Absolut.«

»Wissen Sie, ob Ihre Frau Lulu je in ihrer Wohnung besucht hat?«

»Da kennen Sie sie schlecht!«

Hatte Germaine Gouin nicht versichert, dass sie die Wohnung nur dieses eine Mal betreten hatte?

Nun war sie aber in dieser Nacht gar nicht dort gewesen. Und als sie, um den Kommissar zu treffen, heruntergekommen war, hatte sie sich nicht neugierig umgeschaut und sich so verhalten, als wären ihr die Räumlichkeiten vertraut.

Das war ihre zweite Lüge. Hinzu kam, dass sie Lulus Schwangerschaft nicht erwähnt hatte.

»Glauben Sie, dass sie immer noch an der Tür lauscht?«

Es war eine unnötige Vorsichtsmaßnahme gewesen, Lucas an der Wohnungstür zu postieren.

»Ich bin davon überzeugt …«, setzte der Professor an.

Und tatsächlich ging die Verbindungstür auf. Madame Gouin machte zwei Schritte, genug, um ihrem Mann ins Gesicht zu blicken. Nie zuvor hatte Maigret so viel Hass, so viel Verachtung in den Augen eines Menschen gesehen. Der Professor wandte sich nicht ab, ertrug den Schock, regungslos.

Der Kommissar stand auf.

»Ich muss Sie verhaften, Madame Gouin.«

Immer noch zu ihrem Mann gewandt, sagte sie fast zerstreut:

»Ich weiß.«

»Ich gehe davon aus, dass Sie alles gehört haben?«

»Ja.«

»Sie gestehen, dass Sie Louise Filon getötet haben?«

Sie nickte, und man hätte glauben können, dass sie sich wie eine Furie auf den Mann stürzen würde, der ihrem Blick noch immer standhielt.

»Er wusste, dass es so kommen würde«, sagte sie ruckartig, während ihre Brust immer schneller auf und ab ging. »Ich frage mich jetzt, ob er nicht genau das gewollt hat, ob er mir nicht absichtlich bestimmte Dinge anvertraute, um mich so weit zu bringen.«

»Sie haben Ihre Schwester gerufen, um ein Alibi zu haben?«

Sie nickte erneut. Maigret fuhr fort:

»Ich vermute, dass Sie hinuntergegangen sind, als Sie unter dem Vorwand, Grogs zu machen, das Boudoir verließen?«

Er sah, wie sie die Stirn runzelte. Dann wandte sie sich von Gouin ab und Maigret zu. Sie schien zu zögern, mit sich zu ringen. Endlich sagte sie mit trockener Stimme:

»Das stimmt nicht.«

»Was stimmt nicht?«

»Dass meine Schwester allein zurückblieb.«

Unter Gouins Blick, in dem Ironie aufblitzte, wurde Maigret rot, denn dieser Blick bedeutete eindeutig:

»Was habe ich Ihnen gesagt?«

Und ja, Germaine wollte die Last der Tat nicht allein tragen. Sie hätte schweigen können, doch sie redete:

»Antoinette wusste, was ich tun würde. Da mich im letzten Moment der Mut verließ, ist sie mit mir hinuntergegangen.«

»Kam sie mit hinein?«

»Sie blieb auf der Treppe.«

Und nach kurzem Schweigen rief sie, als wollte sie alle herausfordern:

»Was soll's! Das ist die Wahrheit.«

Ihre Lippen bebten vor unterdrücktem Zorn.

»Jetzt kann er seinen Harem auffrischen!«

Madame Gouin hatte sich getäuscht. Kaum etwas änderte sich im Leben des Professors. Nur dass ein paar Monate später Lucile Decaux bei ihm einzog, ohne jedoch ihre Arbeit als seine Assistentin und Sekretärin aufzugeben.

Versuchte sie ihn zur Heirat zu bewegen?

Maigret wusste es nicht.

Jedenfalls heiratete der Professor nicht wieder.

Und wenn sein Name im Gespräch fiel, tat Maigret so, als hörte er nicht zu, oder sprach schnell von etwas anderem.

Shadow Rock Farm, Lakeville (Connecticut),
31. August 1953

DER GANZE SIMENON

Die erste deutschsprachige Gesamtausgabe

DER GANZE MAIGRET

Alle 75 Maigret-Romane und 28 Maigret-Erzählungen. In neuen oder grundlegend revidierten Übersetzungen. Ausgewählte Romane mit Nachworten von Andrea Camilleri, Tim Parks, Karl-Heinz Ott, Rüdiger Safranski, Jean-Luc Bannalec und vielen anderen.

DIE GROSSEN ROMANE

Alle 117 großen Romane, einige seit Jahrzehnten endlich wieder lieferbar. Teilweise in neuen oder vollständig revidierten Übersetzungen. Mit Nachworten von Friedrich Ani, John Banville, Julian Barnes, William Boyd, Axel Hacke, Daniel Kehlmann, Martin Mosebach, Joyce Carol Oates, Hans-Ulrich Treichel und vielen anderen. Eine Kooperation der Verlage Kampa und Hoffmann und Campe.

AUSSERDEM

Zum ersten Mal alle Erzählungen, viele davon als deutsche Erstveröffentlichungen, literaturkritische Essays, Reportagen, autobiographische Schriften, Briefe und Gespräche.

>»Manche fragen mich:
Was soll ich von Simenon lesen? –
Ich antworte: Alles!«
André Gide

EIN NEUER MAIGRET
ZUM ERSTEN MAL AUF DEUTSCH

Georges Simenon
Maigret im Haus der Unruhe

Roman
Deutsch von Thomas Bodmer
Deutsche Erstausgabe
Mit einem Nachwort von Daniel Kampa

Wie Maigret zur Welt kam, davon hat Simenon selbst am
schönsten erzählt: sein Schiff, das im Hafen von Delfzijl re-
pariert werden musste, »zwei, drei Gläschen Genever«, die
Vision eines Mannes von »mächtiger, unbeweglicher Statur«, und wenige Tage später war der erste Fall geschrieben:
Maigret und Pietr der Lette. Eine wunderbare Geschichte,
die nur einen Haken hat: Sie stimmt nicht. Denn Maigret
war schon vorher da – im *Haus der Unruhe* nämlich, das
nun zum ersten Mal auf Deutsch zu besichtigen ist …
　　Es ist spät geworden, der Quai des Orfèvres ist verwaist.
Nur bei Kommissar Maigret bullert noch der Kanonen-
ofen. Endlich findet er die Zeit, einen überfälligen Bericht
zu schreiben, da bekommt er überraschend Besuch: Eine
junge Frau bekennt sich eines Mordes für schuldig. Doch
als Maigret nach einem dringenden Telefonat in sein Büro
zurückkehrt, ist die Frau verschwunden. Maigret wird sie
wiederfinden – in einem »anständigen« Haus in einem Vor-
ort, in dem alle etwas zu verbergen haben. Und alle haben
sie Angst. Denn ein Mieter ist tot – er wurde ermordet.

»Eine Weltsensation!«
Cornelia Hüppe / RBB, Potsdam

»Maigret in früher Bestform.«
Gerrit Bartels / Tagesspiegel, Berlin

KAMPA VERLAG

Georges Simenon
Der Mann auf der Straße
Erzählungen
Deutsch von Melanie Walz und Sara Wegmann
Neuübersetzung
Mit einem Vorwort von Gabriel García Márquez

»Und so begann quer durch Paris eine Verfolgungsjagd,
die fünf Tage und fünf Nächte dauern sollte ...«

Ob Stehvermögen oder Sitzfleisch – einige Fälle, das weiß
Maigret, kann man nur mit Beharrlichkeit lösen. Einmal
verfolgt er einen Verdächtigen fünf Tage und fünf Nächte
lang quer durch Paris. Ein andermal sitzt der Kommissar
stundenlang im Restaurant Chez Marina und beobachtet
eine Gangsterbande, die ihrerseits eine rivalisierende Ban-
de im Bistro gegenüber auskundschaftet. Wer hält länger
durch? Dann wieder will er mit einer Untersuchung beginnen, die aber schon abgeschlossen ist. Oder vielleicht
doch nicht? Und schließlich ist natürlich auch sein Ver-
hörtalent gefragt: Denn eine junge Frau in seinem Büro
will und will nicht reden.

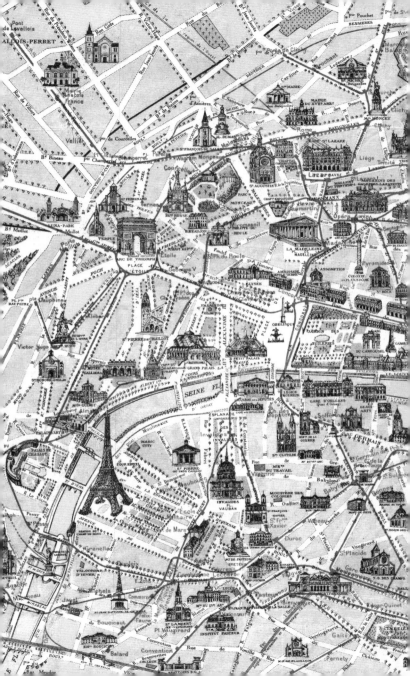